KB237248

우포늪에서 보내는 편지

우포늪에서 보내는 편지

온 가족이 함께 읽을 자연의 긴 노래

임 신 행

창조문예사

사랑하는 사람들과 바람처럼
우포늪을 한번 다녀가시라고

우포늪은 또 하나의 우주입니다.

원시성이 아직은 남아 있어 온갖 철새들이 철마다 찾아오는 우주입니다. 사실 그대로 말하면 문명의 이기에 물든 곳은 자연이 어느 것 하나 제대로 살아남아 있는 곳이 없습니다. 하루에도 수십 종의 동식물들이 우리 곁을 떠나고 있는 안타깝고 슬픈 시간 속에 우리 모두는 놓여 있습니다. 이는 바로 우리도 위기에 내몰리고 있다는 말과 하나도 다를 바가 없습니다.

후회라는 괴물은 늘 우리 뒤를 따라와 우리를 덮치고 맙니다. 우포늪에는 많은 철새들이 날아옵니다. 텃새도 많습니다. 하지만 그들은 결코 이기에 눈이 먼 우리들처럼 드잡이를 하지 않습니다.

저는 우포늪이라는 거대한 공간을 통하여 켜켜이 쌓인 세월의 늪이 우포늪이라는 더러 엉뚱한 생각을 합니다.

시간과 원시의 공간을 넘나들며 이 땅의 농투성이들의 억울함과 성실과 인내로 치열하게, 정직하게 살아도 살기가 어려운 사람들과 언로를 열고 싶었습니다. 복숭아나무 가지로 만든 회초리로

제 깜냥에는 제 종아리를 우포늪 둑에서 치기도 했습니다. 2년
가까운 세월 속에서 월간 「창조문예」를 통해 허공을 향해 치고만
우스운 꼴이 된 것 같아 자꾸 얼굴이 붉어집니다.
　이는 동심을 보듬고 사시는 어른들과 인류의 희망이자 기둥인 어
린이들에게 보내는 자운영꽃 같은 이야기라고 감히 생각합니다.
　틈나시는 대로 우포늪에 들르시어
　"과연 나는 어디에서 무엇을 위해 어떻게 살고 있는가?"
　스스로에게 질문해 보시라고 삼가 권해 봅니다.

우포늪 들뽕나무 아래서
2005년 6월
지은이 올림

우 포 늦 에 서 보 내 는 편 지

차례

책머리에

우포늪에서 보내는 편지

아기 쇠물닭이

보아라!
저기 보아라!
물 위를
걷다가 물을 치고 날아다니는
쇠물닭*을

그 뒤로
아기 쇠물닭이 동백꽃으로 따라 나는구나.
'홍홍'
웃음이 수련꽃으로 피네.

발끝에 닿는 개구리밥
마름

가시를 내고 사는 덩치 큰
가시연

아기 쇠물닭들이
연꽃으로 뜨는구나.

늪에서는
경계가 없구나.

몸집이 크면 큰 대로 작으면 작은 대로
철벅이며 저렇게 사는구나.

우포늪에
새 식구 늘었구나.
동백꽃 같은 아기 쇠물닭 셋

* 중부 이남에 번식하는 여름새로 두루미목 뜸부기과의 조류. 오스트레일리아와 뉴질
랜드를 제외한 전 세계의 온대 및 열대지방에 분포한다.

13

노랑어리연꽃이

이른 아침
아기 원앙새들이 놀러 왔다가

계란 과자인 줄 알고
그 예쁜 부리로
콕콕 쪼아 보다가
노랑어리연꽃인 것을 알고
새침해져
'포드닥 포드닥'
달아나 버렸어.

노랑어리연꽃이
계란 과자 같은 노란 꽃을 피웠어.
우포늪이 환해.

정말이야

와·봐·봐 ….

두꺼비와 자운영

자운영꽃 같은 저녁놀이
우포늪에 앉았어, 그림처럼 말이야.
"옴마야, 우짜면 저리도 곱노!"
아름다워 입만 벌리고 섰는데

아, 글쎄 부들*들이
쑥쑥 햄 소시지를 내 놓았어.
"먹어봐, 먹어봐"
하고 말이야 ….

그런데
몸집 작은 동생 두꺼비가
뚱뚱이 형 두꺼비를 업고 부들 사이로 헤엄쳐 다니더라.
보그르르 물방울을 내놓으며 말이야.

수련이 깜짝 놀라
고개를 숙이더라.
황소개구리는 입만 뻐끔거리고
정말이야.

동생 두꺼비가
형 두꺼비를 업고 밤새도록 우포늪을 쏘다니겠지.
아무래도 냄새나지
그 둘이가.

* 외떡잎식물 부들목 부들과의 여러해살이풀. 연못 가장자리와 습지에서 자란다.

우포늪은

낯은 목소리에
귀를 모으며
하늘을 보는 미루나무이고 싶습니다.
침묵으로 당당히 사는 미루나무이고 싶습니다.

진화를 돌려놓고
흔들리는 세상을 천천히 아주 천천히 걸어온
가시연이 사는 우포牛浦 늪은 사실 우포늪이 아닙니다.
소벌입니다.
옛날 순하고 약한 사람을 잘도 드잡이하여 패댕이치던 일본사람들이 곱고 맛깔 나는 우리말을 짓뭉개고, 사람 이름도 바꾸고, 이 나라 땅 이름도 바꾸고, 강 이름도 식물 이름도 동물 이름까지 바꾸며 끝내 내세운 우포늪(목포늪, 사지포늪, 쪽지포)을 한데 묶어 우포늪이라고 그냥 부릅니다.

쪽지벌 나무벌 모래벌 소벌 ….

저는 소벌이라고 불렀고 앞으로도 부르고 싶습니다.

'소벌 소벌 ….'

부르면 부를수록 정다워지니까요.

참 억새처럼 참 억세게 사는 이 고장 사람들은 소벌, 나무벌, 모래벌, 쪽지벌이라고 이 순간도 그렇게 부르며 활기차게 살아가고 있습니다.

남의 나라 것이라면 마냥 좋아하는 겉똑똑이들이 소 '牛', 개 '浦'를 써서 우포늪이라고 부르고 길 안내판에도 우포늪이라고 써 놓았으니 여러분은 어쩔 수 없이 우포늪이라고 이름하며 오셔서는 소벌로 불러 주십시오, 우포늪을.

이 땅에는 아직 이런 앞뒤가 안 맞는 말과 글, 사물의 이름들과 땅 이름이 많습니다. 이 시 속에도 들어 있습니다. 이러고도 친일이 사라졌다고 말할 수 없지요. 일억 사천만 년 전에 생성된 소벌에서 감맷빛 우산을 펴기 시작하는 가시연을 보며 조금 더디게 가는 경우가 있더라도 싹수는 제대로 키우며 살아가지고 몇 자 올립니다.

그대들에게

* 끄트머리에 : 선녀가 그 흰옷을 벗는 듯한 물안개가 아침이면 늪을 덮고, 창포꽃이 피고 물닭이 우렁이를 찾아 자맥질하고 쇠물닭이 개구리밥을 먹는데 훤하라고 노랑어리연꽃이 등불을 켜 물 위에 띄웠습니다. 마름꽃이 하얗게, 하얗게 피어 물별로 떠 있음을 알려드립니다.

환상이라는 꽃

꿈은
열망하는 사람만이
피울 수 있는
환상의 꽃입니다.

새가 되기를 꿈꾸던
풀이 새라는 이름 얻어
날지 못하는 새가 되어 연초록 빛 날개를 팔랑이며
줄지어 서 있습니다.

모래벌로 트인 둑을 따라 줄지어 서 있습니다.
　새들은 조붓한 길을 내어 오소리도 부르고, 수달도 부르고 아
기 멧돼지도 부르고
　외로운 사람도 부릅니다.

이 땅 어디에도 새라는 이름의
풀은 새가 되지 못한 채
살아가고 있습니다.

점심나절이면
장재마을 왈짜 순아가
발맘 발맘 개망초꽃 길 마을 앞을 나와
새들이 내준 조붓한 길을 따라 소벌로 들어갑니다.
홀랑홀랑 옷을 벗어 던지고 까만 윤이 나는 알몸으로 풍덩 자
맥질을 합니다.
덜 여문 물밤을 늪에서 한 주먹 캐 '푸아' 하고 올라옵니다.
온몸이 개구리밥입니다.

새풀들은
"날자!
날자 한 번만 날자"*
재잘거리며 이 순간에도 물총새처럼 날개를 펴고 모래벌로 가
는 둑 위에 줄지어 서 있습니다.
'그래, 한 번만 날자꾸나'

* 李箱의 소설 「날개」에서 빌려 옴.

아기 꿩

가장
아름다운 것은
어린이, 어린이입니다.

개구리밥이 큰소리치며, 자리잡고 사는
우포늪

쇠물닭이 '욥욥…' 하고 먹어도 먹어도
그득한 개구리밥 바다가 우포늪입니다.

우렁이가 개구리밥 아래로 헤엄을 치고
물닭이 우렁이를 잡으러 다닙니다.

현아네 할아버지가 벽오동나무로 만든 거룻배를 타고

고기잡이를 나갈 때면
부들숲에서 뜸부기가
'뜸~ 뜸~'
소리를 지릅니다.

원추리꽃보다 더 예쁜 아기 꿩
열세 마리가 찔레나무 아래서 우포늪을 내려다봅니다.

저만치
웃자란 개망초 꽃길을 따라
물방개랑 소금쟁이를 만나러 도시 아이들이 '··'가쁜 숨을 몰
아 쉬며 오고 있습니다.
물새 소리보다 더 아름다운 도시 아이들이 재잘거리는 소리가
미루나무 잎새가 됩니다.

아이들의
말은
새소리보다 더 아름답습니다.

줄이라는 풀

눈은 크게
입은 다물고
몸은 남보다 더 낮추고
당당히 제 할 일을 성실히 하며
남의 말을 더 잘 들어야 합니다.

우포늪 길은 비뚤비뚤합니다.
원시의 숲길이라 그렇습니다.
흐르는 것은 흔들리는 것,
흔들리며 식혀 놓은 땅 위에
풀들은 저마다 튼튼한 뿌리를 내리고 있어
어느 쪽으로 가든 반듯하게 난 길은 없습니다.

그러나 우포늪 길은

바람이 사막에서
그린 그림처럼 혼란스러우며 아름답습니다.

그 비뜬 길에는
줄이라는 풀이 줄을 서지 않고

제멋대로 서서 대물림을 하며 우쭐우쭐 키를 올립니다.

해마다
기죽지 않고 활기차게 자라 사람 키를 훨씬 웃돕니다,
8월이면.

키 크다고 으스대는 어른의 키를 두 뼘은 더 웃자란 줄숲에 들어가
줄을 잘못 서
늘 겉도는 자연주의자이며 시인인 천주산 씨, 삶의 현장을 생각합니다.

시인 천주산 씨에게 전화를 걸어

우포늪 줄처럼 권력 앞에 줄을 서지 말고
승마꽃 같은 순수함을 견지하며 시인답게 살아남으시라고 내
속내를 전하고 싶습니다.

틈내어
왼손에는 아드님의 손을 잡고
오른손에는 부인의 손을 잡고 오시면 양파국수 한 그릇 대접하
겠습니다.
8월의 우포늪에서

 # 참억새와 검은 물잠자리

갈대숲에 숨어 하는
무자맥질이 더 아름답습니다.

8월의 해님은
잘 익어
붉은 토마토입니다.

토마토가 된 8월의 아침해님이
물총새보다 먼저 우포늪에 오시면
그 뒤를 따라 참억새들의 손을 잡고 화왕산이 소리없이 옵니다.

저녁이면 드므에 창포잎을 띄우고 목욕하시는 섭이네 할아버
지처럼
늪으로 슬며시 그 큰 몸을 담그고

'아이구 좋다, 아이구 좋다.'
귀엣말을 합니다.

소중하고
뜻이 깊은 사랑은 소리가 없고
그윽한 향기가 일듯

우포늪은 작은 것들만 보듬고 풀 냄새를 풍깁니다.

검은 물잠자리가
멱감는 화왕산 코끝에서 짝짓기를 해도 화왕산은 말이 없습
니다.
지저개비가 왁자하게 떠들고 있을 때 단감들이 지상에서 단맛
을 찾고 있습니다.

아침나절이면
우포늪에서 소리 죽여 멱감는 화왕산을 보러 오세요.
이 8월에

# 풀숲에서의 낮잠

잠은
또
하나의
명상입니다.

8월에는
우포늪도 낮잠을 청합니다.

푸른 해오라기가 갈맷빛 마름 이불을 덮어줍니다.

저길 보세요, 저길!
생이 가래가 짠 주단綢緞이 드문드문한 저곳!
노랑어리가 노랑 꽃등을 내 단 저 곳에
수백 마리 가물치가 개구리밥을 헤집고 나와 등을 말리는 저 풍경!

먹새 좋은 황소개구리도
우포늪이 낮잠을 자라고 눈만 끔벅이고 있습니다.
8월에는

비꽃이라도 내리려는지
청개구리가 이따금 울고 있습니다.

양파 논둑
미루나무는 푸른 물줄기로 휘청이고
우포늪도 8월에는 낮잠을 청합니다.

강아지풀 따라

멀쑥하게
웃자란 창포들이 어깨를 흔드는
우포늪!

9월에는
우포늪의 달빛도 소리를 냅니다.

쓸쓸한 냄새를 품은
9월의 저 서늘한 달빛에 강아지풀들이 점점 야위어갑니다.

강아지풀들을 따라
둑을 지키고 섰던 버드나무도 핼쑥해지고
콩밭두렁을 기운차게 건너가던 박주가리도 걸음을 멈추었습니다.

31

화왕산 억새숲도 야위기 시작합니다.

여름장마에
녹아내리는 버섯처럼
도시의 많은 사람들이 궁핍에 무너져 어둠 속으로 돌아누웠
지만,

가시연은 아기 미르의 혓바닥 같은 신비한 꽃을 내었습니다.
스스로의 살갗을 찢어 피어내는 저 아픔의 꽃, 가시연꽃을 보
시려면 늦은 9월에 오십시오.

9월의 우포늪은
소리의 늪입니다.

야윈 창포들이
서늘한 달빛 아래서 서툰 소리꾼으로 노래하고 있습니다.

9월에는
우포늪 달빛이 소리를 냅니다.

소금쟁이

늪에다 발을 담그고 사는
작은 것들은 떠날 때와 머물 때를
누구보다 먼저 압니다.

물벼룩, 생이가래, 해캄, 물매암이, 소금쟁이 들이 저마다 괴나
리봇짐을 싸고 있습니다.

챙겨 보면
미물들은 비밀이 더 많습니다.
덩치 큰 것들보다
작은 것들은
결코
우리의 예감 더듬이가 내시內視 되기를 거부하고

큰 것들은
오만으로 지딱지딱 문을 열어주고

가진 자들은
볼꼴과 못 볼꼴을 가리지 못해
침몰해 버리고

민망해라, 민망해라

거친 바람에 쓰러졌던 버드나무가
스스로 일어서는 9월

유어 마을에 저녁 등불이 하나 둘 켜지면
적막해지는 우포늪으로
기러기 한 떼가 날아듭니다.

9월에는
한층 우포늪이 맑아집니다.

얼핏한 물 속으로 걸어다니는
가물치와 논우렁이 사는 법이 보입니다.

늪 깊숙한 곳

일어나십시오,
게으름에서 일어나십시오.

이른 아침
스스로 체중을 내리는
9월의 풀밭을 걸어보십시오.

어머니의 눈물 같은 이슬이
바짓가랑이를 적시고
치맛자락을 적시고, 함께 가자며 방아깨비가 겅중겅중 뛰는 9월의 길을 걸어보십시오.
그 이슬밭이 우포늪입니다.

9월에는
작은 것들은 일탈을 꿈꿉니다.

늪 깊숙이
뿌리를 내리고 살아가는 마름은
꺾기와 풀기를 거듭거듭 해내어 내일로 가고 있습니다.

이 땅의 어수룩한 국민!
그 국민을 닮은 개구리밥들이
일탈을 하고 있습니다.
환골탈태 뒤 빈손으로 돌아서는 단아한 저 모습

아침이면
물안개로 눈앞이 부예 마을과 마을을 보지 못합니다.

늪을 겹겹이 둘러싼 갈대들 사이에는
늘 새바람이 서성거리고
새바람은 더러 불협화음을 냅니다.

산 너머 저쪽
물안개로 얼굴을 가린 키 작은 교회에서
번져나는 부드러운 종소리가 물 메아리를 만듭니다.

한 사람의 기다림은
거친 바람 앞에서
옷깃을 여미는 일

사랑은 끝없이 이어가야 할
또, 하나의 부활입니다.

산수유꽃
흩날리듯 초가을비가 내리면
우산 없이 우포늪으로 오십시오.

토란잎 우산을 쓰고
소처럼 천천히, 천천히 우포늪을 걸어보십시오,
워낭소리를 내며

어수룩한 또 하나의
그대를 만날 것입니다.

우포늪 너머

이른 아침부터

우포늪 방축 너머

유어마을 아주머니들의 상수리 이파리 같은 웃음소리가 헤픕니다. 읍내로 이어진 코스모스 꽃길을 따라갑니다.

코스모스들은 산들거리고

아주머니들 머리 위에는 저마다 깨, 마늘, 고추, 콩, 조, 수수들이 이야기보따리로 올망졸망 앉아 있습니다. 더러는 누렁이도 끌고 갑니다. 돈하고 바꿀 열망으로 걸음이 활기찹니다.

뒤질세라 붉은 양파 포대를 그득 실은 경운기가 꽁무니로 파란 도우너스를 흘리며 세차게 달려갑니다.

'탱~탱…'

소리가 먼저 풀섶을 흔듭니다.

경운기는 그냥 가시 잎습니다. 달려가머 산골아이 속내 같은 달개비꽃, 구절초, 도라지꽃, 호박꽃, 박꽃, 제비붓꽃, 이지풀, 억새꽃, 초롱꽃, 며느리밑씻개꽃, 새꽃, 바랭이꽃, 달맞이꽃 들을 만만

하게 흔들고 갑니다. 길에서는 늘 한걸음 물러나 있는 노란 탱자
와 단감과 알밤들이 눙치듯 경운기를 향해 눈웃음을 보냅니다.
 '3, 8, 13….'
 창녕 5일장을 향해 가슴 설레며 달려가는 모습이 우포늪 물억
새 사이로 비칩니다.
 청둥오리 떼처럼 줄지어 장 보러 가는 아주머니들 어깨 위로
햇솜 같은 흰구름이 떠갑니다.

 늪에는
 성급하게 첫 나들이를 한 고방오리 한 쌍이 머뭇머뭇 자라풀
사이를 거닐고 있습니다.

 10월의
 우포늪 부들들은 흔들리며, 흔들리며 지난 여름을 생각하고 있
습니다.

 겨울
 나그네 새들이
 무리 지어 날아들고 있습니다.

연꽃

짬을 내시어

무안 회산 연꽃방죽이나

나주 우습제나, 광한루 연밭으로 나가 휘파람을 '쉬^이 쉬^^'

불어보십시오.

연잎들이 신비한 소리를 낼 것입니다.

바람소리도 아니요, 물 소리도 아닌 신비한 소리를 내는 연들이

우산을 접듯 스스로의 삶을 접는 쓸쓸한 풍경을 만날 수 있을

것입니다.

폭염 아래서

그토록 짙은 갈맷빛으로

천년을 너끈히 활기차게 살아갈 것처럼 무성했던 연잎들이

스스로를 오그리고 있습니다.

순수하여 나서지 못하는 미물들이
스스로 없어짐을 준비하는 풍경을 만날 수 있을 것입니다.
그 풍경은 느티나무 언덕 아래 지붕 낮은 교회의 새벽 예배를
보듯 경건해질 것입니다.
삐꺽거리는 긴 의자에 앉아 드리는 소박한 예배의 기도 소리는
억새숲을 지나 머리 잘린 수숫대 옆구리를 스치고 와 우포늪의
물옥잠 잎에 앉습니다.

펄펄했던 우포늪 가시연들이 열매를 맺기 시작합니다. 종족 보
존을 위해 가시연들은 백연이나 홍연같이 열매를 물뿌리개 꼭지
처럼 생긴 송아리에다 여물게 담지 않습니다.
가시연은 개구리알처럼 투명한 작은 우무주머니에 씨를 넣어
띄어 보냅니다. 물에 떠 며칠 떠돌아다니다 뿌리를 내리고 살 만
하다 싶은 곳에 스스로 잠겨들 수 있게 그렇게 만들었습니다.

바람이 들면 사람 속이나 무속이나 소리가 납니다.
바람이든 우포늪 갈대들이 내는 소리는 서럽습니다.
한 그루 미루나무로 서서 듣고 있으면 까닭모를 서러움에 젖어
끝내 울고 맙니다.

없어짐을 위해

마른 갈대들이
속이 비어 내는 저 슬픈 소리를
늪 사람들은 반가워하지 않습니다.

언젠가
그들도 그렇게 소리를 내다가
없어질 테니까요.
우포늪은
있음과 없어짐의 자리이기도 합니다.

어머니 모습

긴

장마 속에서도

한껏 웃자라

멀쑥해진 월견초月見草가 방울실잠자리를 무릎에 앉혀 놓고 깊은 생각에 잠겨 있습니다.

방울실잠자리도 우포늪을 들여다보며 깊은 생각에 잠겨 있습니다.

늪에는

마름을 쪼던

해오라기가 외발로 서서 체온 조절을 합니다.

홍머리오리는 검정말 사이로 떠도는 쇠물닭 식구들을 바라보며

"산다는 것은 저렇게 어머니 아버지가 앞서거니뒤서거니 새끼들을 돌보는 재미로 사는 거야…."

쌀쌀해진

화왕산 용지에서 서성이던 산바람에 우포늪 갈대들은 거칠게
진저리를 치기 시작합니다.

드문드문

방축을 차지하고 사는 들뽕나무들이 옷 벗을 채비를 합니다.

설핏 지는 해를 보는 것은 그리움의 새순을 내는 일입니다.

이렇게 해질 무렵에는 누구나 4월의 대나무밭 새순 같은 그리
움을 내어 그리운 사람을 향해 갈 때입니다. 호젓이 걸어갈 때입
니다.

저만치 고구마밭 둑을 따라 마을로 가는 허리 굽은 이 땅의 어
머니는 콩꼬투리와 옥수수와 애호박 한 덩이를 담은 소쿠리를 옆
구리에 끼고 귀가를 합니다.

일흔아홉에 이승을 뜬 어머니를 생각합니다.

열일곱에 시집을 가 열아홉에 지는 목련꽃으로 과수가 된 차전
초 같았던 어머니

살아 계실 때 주머니도 없는 수의壽衣를 장만 못 해 윤달이 든

해이면 그렇게 애면글면하던
　그 어머니가 없어짐을 생각합니다.

　지난해 이맘때만 해도 되직하게 끓여 주던 된장찌개 맛은 이제
한 장의 흑백 사진으로 남았습니다.

　밤이슬이 젖는 우포늪 풀섶에는 방울벌레 울음 소리가
늪 그득합니다.

　그 어머니는 창녕 양파와 풋고추와 애호박을 썽둥썽둥 썰어 넣
어 오늘 저녁도
되직하게 된장을 끓이겠지요.

　10월의
　저녁 밥상을 위해

슬픈 목판화

요 며칠

점심나절이면 텃새인 쇠물닭들이 서울 쪽을 향해 목청껏 소리
칩니다.

"하늘 한번 봐라, 하늘 한번 봐라."

거친 바람으로 이 땅이 아수라장일 때 남녘 국민들은 아비지옥
을 헤매고, 대통령이라는 사람은 가족과 함께 우아하게 오페라를
보고, 그 아랫자리 그들은 제자리를 지키며 제 할 일은 해야 하거
늘, 저마다 집으로 돌아가 시시덕거렸던 높은 자리 그들과 일부
공무원들에게 퍼붓는 말, 말입니다.

거친 바람은 거칠게 바다를 휘두르고

거친 바다는 더 거칠게, 거칠게 사람을 휘두르고

사람은 사람에게 휘둘리고

이럴 때

국민의 혈세를 먹는 공무원이라는 사람들은 어디에서 무엇을

해야 할까요?

우포늪 쇠물닭들이 묻습니다.

화왕산 산자락 아래 옥천리 신촌 마을 열한 가구가 산사태로 흔적 없이 사라졌습니다.

그 슬픈 판화 한 폭.

초등학교 교사인 ㅈ 선생은 고향이 신촌 마을입니다. 그가 사는 창원 집 유리창을 깨고 들어서는 거친 바람과 대거리를 하고 있을 때 옥천리 신촌 마을에 찔레로 사시는 노부모의 다급한 전화를 받았습니다. 사납고 사나운 비바람 속으로 달려갔습니다. 드센 바람과 비를 피하고 있어야 할 노부모와 집이 간 곳이 없었습니다. 지옥이었습니다. 악몽인가 싶어 바람과 비에 시달리는 산자락을 잡고 "엄마! 엄마"하고 소리쳐 불렀지만 돌아오지 않았습니다. 지금도 돌아오지 않았습니다.

그 슬픈 판화가 우포늪에 흘러와 있습니다.

그렇게 드센 바람에도

우포늪 물고기들은 제자리에서 제 할 일을 말없이 하고 있습니다. 이 땅의 일부 공무원들은 제자리에서 제 할 일을 해야 하는데 혈세만 게걸스레 먹고 네 탓만 합니다.

　　우포늪 옆마을 대대리 대대 둑이 터져 늪 가득 차 있던 물이 대대마을을 덮쳤습니다. 마을 사람들은 인재라고 억울해 가슴을 치고 있습니다. 벼가 드러누운 물고에는 살아 있는 화석이라는 '긴꼬리투구새우'들이 회귀를 위해 유영하고 있습니다.

　　바람이 붑니다.
　　'살아봐야지' 엘리어트의 시를 주절거립니다.
　　누워서도 노란 옷을 장만한 미루나무들이 일어서고 있습니다.
　　태풍이 스치고 가면
　　서 있었던 것들은 한 눈금씩 기운다는 것은 잊지 마십시오.
　　여의도 키 높은 빌딩들도
　　저 지리산 물푸레나무도
　　간밤에 잠시 누웠던 우리의 침대도 한 눈금 기울어져
　　끝내 우리의 영혼마저도 삐딱해졌다는 사실을 놓쳐서는 안 됩니다.
　　우리는 어느 민족보다 거칠어져 있습니다.

　　청둥오리 떼가 구름으로 내립니다.
　　우포늪에는

가을 물안개

11월의
우포늪은
물안개 늪입니다.

물안개 속에서는
반듯한 길도 보이질 않습니다.

삶에는
안개 같은 신비는 없습니다.
오직 노동이라는 땀이 있을 뿐입니다.
우포늪 사람들은 11월에도 땀을 흘립니다.

늘
속보다
바깥 모양새에 치장하다 보면

끝내 무너지고 맙니다.

우포늪으로 오시는 길에서
지난 여름 큰 바람으로
우지끈 우지끈 허리 꺾인 나무와 뎅겅뎅겅 뿌리 뽑힌 나무들을
가슴 시리게 만났을 것입니다.
참혹한 나무들의 그 모습에서 바깥으로 치장했던 나무와 방만
한 삶을 영위했던 순간, 순간을 깊이 성찰하게 될 것입니다.
비록 우리의 삶은 소설小說 같은 모순을 은밀히 숨기고 있지만
요.

서울은 비참함이 절정에 다달았다지만 이 켠도 아니고 저 켠도
아닌… 분명한 깃발을 올리지 못하는 '경계인' 많다지요.
세월보다 한 걸음 앞서 변하는 것이 우리의 마음이지만 인간이
부초가 될 수는 없지요.
우포늪에는 인간들이 흘러 보낸 오폐수로 암컷도 아니고 수컷
도 아닌 양성 물고기가 드문드문 보이기 시작합니다.
스스로를 내걸 깃발이 없는 것은 참 슬픈 일입니다.
우포늪도 슬퍼하고 있습니다.

하늘 수박

이른 아침
노랑부리 저어새가 실눈을 뜨면
둑길에 옷을 벗고 비스듬히 누워 있던
미루나무들이 훠이훠이 물안개를 걷어내고
맨 몸으로 긴 몸을 담그기 시작합니다.
한결 맑아진 우포늪 물에

가물치, 민물장어
물방개
미꾸라지가 해치* 속으로 겨울나기를 하러 들어갑니다.

아직
겨울잠이 들지 않은 능구렁이가 구슬피 울고
허기를 감출 수 없는 수달이 귀를 모읍니다.

산다는 것은
강해지기 위해 노력하는 것이 아니라 막막함을 하나하나 줄여
가는 것이겠지요.

치열하게
둑을 걸어가던 하늘 수박 덩굴에서
하늘 수박 한 덩어리가
늪으로 첨벙 떨어집니다.

애틋한 11월의 바람이 마른 개솔새를 흔들고 갑니다.

＊ 진흙

갈대와 바람의 시간

12월의

우포늪은 가마솥입니다.

물이 슬슬 끓는 거대한 가마솥입니다.

겨울 아침 목욕탕, 탕에서 피어나는 뽀얀 김처럼

우포늪도 이렇게 추운 아침이면 슬슬 끓어오르며 하얀 김을 피웁니다.

마른 칡덩굴 아래서 굴뚝새 한 쌍이 시끄럽게 사랑으로 재잘거렸습니다. 사랑도 작은 것들의 사랑이 아름답다고 쑥이 쏘옥 나와 말했습니다.

늪 가운데에는 목욕하는 남정네들처럼 고니 몇 마리가 머리만 내밀고 들뽕나무 둑길을 바라봤습니다.

단발머리 어린 여자아이와 할아버지가 애니메이션 한 장면으로 나타났습니다.

　연보라 털실로 짠 옷을 여자아이는 입었습니다. 빨간 털실모자, 하얀 벙어리장갑, 노란 귀집을 하고 '보오, 보오!' 입김을 뿜으며 노랑부리저어새를 호기심에 찬 눈으로 바라보고 서 있습니다. 노랑부리저어새도 호기심 어린 눈으로 바알간 산 능금 뺨의 여자아이를 바라봅니다.

　검은 털실 옷을 입은 할아버지는 흰 벙거지와 연보라 벙어리장갑을 끼고 허리 굽은 들뽕나무의 옹이를 만지며 마름 잎으로 떠 있는 청둥오리 떼와 눈길을 주고받았습니다.

　어린 여자아이는 어느새 마도요가 되어 겨울 바다를 향해 날아가고 있습니다.

　12월의
　우포늪은
　인연의 끈을 생각하게 하는 갈대와 바람의 시간입니다.

비단 거미는

하늘에 걸린
빈집이
시린 겨울바람에 흔들립니다.

흔들리는
빈집 사이로 화왕산, 키 낮은 소나무와 신갈나무가 휘둘리고
있습니다.

지난 초가을 그 엄청났던 태풍 매미도 거슬러 낸
빈집에는 일탈을 꿈꾸던 제비나비 한 마리가
날개를 접고 동면冬眠에 빠져 있습니다.

강물에
투망을 펼치듯

잎 무성한 4월에 세운 집은
세월 속으로 더러 허물어지고 알몸으로 선 은사시나무와 개오
동나무에 기대고
겨울에서 봄으로 가야 하는 빈집
까마귀 울음 소리도 앉아 봄을 생각하는 비단 거미의 집

마른 억새들이 머리를 풀고
우우, 거리는 산 너머 지붕이 낮은 교회에서
아련히 울려 나와 콩새가 되는 풍금소리

비단 거미는
가랑잎을 들추고 나와 잠시 하늘을 봅니다.
느티나무 가지에 뿌리를 내리고 사는 겨우살이를 보며 고개를
끄덕입니다.
'사는 것은 저 풍금소리야.'
비단 거미는 가랑잎을 다시 덮습니다.

들길에는

조붓한 들길에는
들길보다 앞서 적마赤馬로 달려오는
황토 먼지

황토 바람이 늪으로 와 물무늬를 만드는
12월의 우포늪은 쓸쓸합니다.

마른 부들과
마른 갈대를 밀쳐내고
바짓가랑이를 걷어 올린
갯버들이 어정어정 늪 가운데로 걸어 들어갑니다.
갯버들이 저렇게 걸어가면 늪은 일그러집니다.

둑을 지키고 섰던 굴참나무가

농투성이처럼 헛기침을 거푸 하는
우포늪의 12월.

둑 너머
양파 논에는 겨울 가뭄에
시드는 양파를 위해 할머니가 이랑 이랑마다 물을 뿌립니다.

조붓한 들길을 따라
붉은 먼지가 길보다 한 걸음 앞서 달려와 마른 능수버들을 흔
들고 갑니다.

저만치
아이들이 되새 떼로 무리지어 옵니다.

첫눈이 오면

때죽나무, 그 흰꽃 이파리가 무리지어 내리듯

첫눈이 오면

쪽지벌 둑, 옷을 벗은 냇버들과 왕버들 아래에는 새집을 마련한 닭의장풀이 새 아지를 내기 시작합니다.

사지포 물가에는 벗풀들이 물밑에서 어깨동무를 하려고 손을 쑥쑥 내밉니다.

이로 하여 우포늪으로 오는 길이 황홀히 막힙니다. 길을 가로막는 것은 적막하게 내리는 첫눈이 아니라, 비사벌을 뒤덮은 양파들입니다. 비록 연약한 줄기지만 초록으로 일어서는 저 소리 없는 함성! 거친 겨울바람에도 결코 쓰러지지 않는 의지들! 국기 게양대처럼 스스로 뜻을 곧게 세우는 양파들의 심지!

양파들이 저마다 내뿜는 열기에 첫눈은 허물어집니다.

모래벌(사지포), 쪽지벌, 나무벌(목포늪), 소벌(우포늪) 긴 둑에는 띠들이 그 연약한 몸짓으로 길을 냅니다.

처음 발걸음을 한 사람들은 우포늪을 물도 아닌 뭍도 아닌 개흙(벌)천지라고 하지만 보이는 것보다 보이지 않는 동식물이 훨씬 많은 생명의 늪입니다. 3만여 종의 동식물이 서식하는 천연의 자연환경이 비경으로 펼쳐져 있는 원시의 늪입니다. 귀를 기울이고 앉아 있으면 들리는 것보다 들리지 않는 신비의 소리가 숨어 사는 또 하나의 원시의 우주라는 것을 깜박합니다.

첫눈에 젖는 우포늪은 수묵화의 여백처럼 저마다 고만고만한 거리를 둡니다. 한결 부드러워진 갈대와 더 날카로워진 노간주나무 하늘 위로 가창오리 떼가 거대한 투망을 만듭니다. 산다는 것은 저렇게 투망질을 해야 하는 것입니다. 막연하게 투망질을 하는 것입니다. 부질없이, 부질없이 던지는 투망질에 우리는 덧없어 자주자주 하늘을 봅니다.

양파이랑 사이로 몸집 작은 달랭이와 쑥과 냉이가 저마다 길을 내면 바람이 스치듯, 구성진 할머니의 밀양 아리랑이 흘러갑니다. 우리에게는 가슴 뒤설레는 첫눈! 그 첫눈을 바라보시는 할머니의 눈은 슬픕니다. 흰 눈썹이 슬프고 크렁크렁 담은 눈물을 떠내지 않고 사는 그 주름진 눈이 더 슬픕니다.

큰고니, 고방오리 쇠오리들은

'날자, 한번만 더 날아보자꾸나'[*]

　절망에서 희망으로 날아가려고 날개를 짓치고 가을이면 까끄라기가 꽃보다 더 예쁜 돌피는 싹을 내어 살아 있음의 유열을 숨기고 있습니다.
　전설처럼 첫눈은 내리고
　화왕산은 잘 부푼 안흥 찐빵으로 물러나 앉습니다. 관룡사 용마루에는 수리부엉이 한 마리가 눈 속에 앉아
　'오늘은 내일이다. 부엉!'
　'내일은 희망이다. 부엉!'

* 이상의 소설 〈날개〉에서 빌려 옴

마른 갈대는

우포늪은

이미지가 잘 정리된 정보센터가 아닙니다.

긴 머리칼을 출렁이며 조금은 암내를 풍기는 젊은 사서 선생의 손에 가지런히 책들이 꽂힌 모양새가 번듯한 문헌정보관이 아닙니다.

우포늪은 이름 없는 농투성이 시인의 집안처럼 흙투성이 농기구가 어지럽게 널브러진 아니, 상수리나무처럼 야성의 산골처녀 방안처럼 이미지들이 서로가 엇나 있습니다. 아직은 나타냄이 덜 세련된 화장대처럼 이미지들이 누워 있거나 턱을 괴고 앉아 있거나 혹은 비딱하니 서서 저마다 제 할 일을 합니다.

언 땅을 비집고 고개를 내미는 키 낮은 뱀딸기는 이 엄동에도 봄을 향해 가는 걸음을 주저하지 않고 나아갑니다. 머리는 숙여도 결코 무릎은 꿇지 않는 뱀딸기가 가는 저 당당한 모습!

우포늪 1월에는 마른 갈대들은 스스로 발걸음을 접고 새 생명

에게 자리를 내주는 저 경건한 풍경! 삶의 자리바꿈을 하는 물풀
들의 엄연한 질서를 보셨습니까! 연약하지만 기죽지 않고 스스로
의 의지를 세우고 사는 삶의 현장입니다.

　소목 마을에는 코끝 시린 바람 속에서도 대롱 끝에서 흰 비누
방울이 일 듯, 매화가지에 쌀 튀밥 같은 흰 꽃이 일고 있습니다.
마을 아이들 눈 끝에는 가오리연이 뜹니다.

　입 다물고 살던 옥산댁 흰둥이가 괜스레 공공거립니다.

　우포늪 새해는 빛과 향기와 소리로 이렇게 다가섭니다.

겨울잠

보셨는지요!

물과 마른 풀과 마른 나무와 푸른 나무와 바람이 그린 그림을
보셨는지요!

그 그림 속에는 야행성을 지닌 불곰 한 마리가 살고 있습니다.
그는 햇빛 눈부신 시간에는 낮잠을 자다가 해가 설핏 지면 어슬렁
어슬렁 낮은 처마를 뒤로하고 마른 쌀새와 마른 줄과 마른 달뿌리
풀과 마른 갯버들 사이를 헤치고 나가 늪으로 잠입을 합니다.

겨울잠을 자야 할 불곰이 불면으로 서성이다 강물에 들어가듯
그는 늪으로 기어듭니다. 개흙 속으로 깊숙이 손을 넣습니다. 왼
쪽 옆구리에 꿰찬 대바구니를 그득 채우는 씨알 굵은 귀화한 베
스, 참붕어, 메기, 가물치….

대바구니 속에서도 겨울잠을 자는 이 민물고기들 머리 위로 세
모고랭이가 기웃거립니다.

그물로도, 낚시로도 잡기 어려운 우포늪 민물고기를 그는 맨손

으로 척척 잡아채는 솜씨는 신기입니다.

그 신기의 솜씨에는 그 흔한 자격증이 없습니다.

허가증도 없습니다.

그물로 우포늪 민물고기를 잡으려면 '낙동강유역 환경청 수계 관리위원…' 이라는 이름도 거창한 관가에서 내주는 허가증이 있어야 합니다.

마술을 부리듯 민물고기를 잡아채는 데도 허가증이 있어야 합니다. 늪 바닥에 지금도 앙금앙금 기어다니는 논우렁이를 잡는 데도 허가증이 있어야 합니다. 소목마을 열다섯 사람이 은밀히 허가증을 품고 쪽배를 타고 우포늪을 다니며 민물고기를 잡습니다. 드므 같은 물통을 앞세우고 늪 바닥을 훑어 논우렁이를 잡는 그 업보에도 허가증을 품어야 합니다. 허가증을 지니고 수달처럼 늪에서 논우렁이를 잡아먹고 사는 사람이 일흔여덟 명입니다. 하지만 그는 3대째 우포늪에 살아도 그런 허가증을 받을 수 없습니다. 돈 없고 권력이 쥐똥나무 열매 하나만큼도 없습니다. 학벌도 혈연도 허가증에 다 달을 끈이 아닙니다. 그의 할아버지도 그의 아버지도 그도 허가증을 지니지 못했습니다. 그는 아버지 따라 우포늪을 거닐다가 마술을 부리듯 맨손으로 우포늪에서 민물고기를 잡아내는 솜씨를 아버지로부터 익혔습니다. 요즘 그는 개흙 속에 몸을 숨긴 민물고기들을 잡아채다가 더러 쿨럭쿨럭 밭은 기침을 해댑니다. 그는 아버지가 그러했듯이 설핏 해가 지면 우포 늪으로 잠입합니다. 그는 이따금 뭇따래기에 덜미를 잡혀 벌금도 물었습니다.

마른 물풀 사이로 어슬렁이고 들어가 개흙 속을 더듬어 가물치를 잡는 풍경은 한 폭의 목판화입니다. 그가 잡아 올린 가물치의 무늬는 까치살무사의 무늬와 같습니다. 가물치의 빛나는 비늘도 독이 무서운 까치살무사의 비늘과 같습니다. 그가 가물치를 유별나게 즐겨 잡는 것은 맹독이 있는 까치살무사를 잡아채는 순간, 순간의 위기를 느끼기 위해서랍니다. 그가 새기는 목판화를 보시려면 휠 대로 휘어버린 양파밭 두렁을 따라 걸어서, 걸어서 오십시오. 그는 자동차를 싫어합니다. 손전등 불빛도 싫어한다는 것을 귀엣말로 알려 드립니다.

자귀나무 씨

맨몸인 자귀나무는 자식 잘되라고 치성으로 마련한 씨앗 주머니로 바람개비를 만들어 겨우내 돌렸습니다. 더러는 멀리 날아가고 더러는 발등에 남아 있습니다. 원시의 모습 그대로 기죽지 않은 작은 것들이 이제 포릇포릇 속내를 내놓기 시작합니다.

겨울 물안개를 휘휘 감아 돌리다 지친 자귀나무에 지다위를 하고 살던 쐐기나방들이 도롱이를 만들어 길게 줄을 내려 땅을 딛는 모습을 보고 서 있으면 이슬처럼 살다 간 황선하 시인이 떠오릅니다. 그가 바라보는 세상은 늘 슬퍼 보였습니다. 퀭한 눈에는 그렁그렁 눈물이 담겨 있었습니다. 그의 눈을 보고 있으면 저 역시 까닭 없는 서러움이 치밀어 소리 죽여 울었습니다. 물빛으로부터 먼저 봄이 오는 우포늪을 차고 오르는 철새들이 한 무리, 두 무리 흔적 없이 떠납니다. 그 쓸쓸함을 물리려고 늙은 느릅나무에 기대어 쿠스코의 세렝게티를 듣습니다. 내 유년의 산등성이들을 더듬는 바람소리처럼 부드러우나 결코 부드럽지 않은 신묘한 소리로 때로는 온몸을 서늘하게 하는 신시사이저의 울음 소리에 저 또한 웁니다. 알고 보면 그 어떤 노래도 떨림으로 시작하는 울음 소리입니다. 육식을 즐기는 서양 사람들은 '새가 노래한다.' 초식을 주로 하는 우리는 '새가 운다.' 하듯 6월이면 남의 집에다 알을 까놓고 청 보리밭머리 뽕나무에 숨어 앉아 **'네 엄마 여기깃네. 네 엄마 여깃네.'** 애절히 울어 애는 뻐꾸기를 보셨지요? 그게 어디 노래하는 것입니까. 우는 것이지요. 세상에 노래하는 것은 없습니다. 저마다의 삶의 무늬와 삶의 결로 온몸으로 우는 것입니다. 디지털의 극치인 신시사이저의 울음 속으로 아득하게 펼쳐지는 야성의 세렝게티 평원을 어슬렁이는 코뿔소를 봅니다.

계절이 별것입니까, 해가 해를 돌리고, 바람이 바람을 돌리고, 물이 물을 돌리고 흙이 흙을 돌리는 것이지요. 하지만 해서는 아니 될 일은 짐승이 짐승을 돌리는 일입니다.

사람이 사는 세상이 흉흉해지는 것은 사람이 사람을 마구 내돌려서입니다. 하지만 사람 사는 마을은 따뜻합니다. 지붕이 야트막한 주매리에는 장독 옆 야매野梅가 흰 꽃을 내었습니다. 창녕 조씨曺氏 가문에서는 매화 떡을 하여 울타리 너머로 돌리고, 향기 은밀한 골목에는 꽃떡을 입에 문 아이들이 연을 올립니다. 주매리 어른들이 매화주를 나눠 마시고 해닥사그리하여* 산을 보고도 화형花兄! 감나무를 잡고도 화형! 지나가는 사람을 잡고도 화형! 매화꽃을 보고도 화형이라고 부릅니다. 아이들이 재잘거리는 소리로 우포늪은 새벽이면 부풀어 오르는 '안드로게오스'의 양경陽莖처럼 부풀기 시작합니다.

대대리 성씨네 집안 장닭은 이른 아침부터 물 오른 살구나무에 올라가 목청을 높여 암닭을 부릅니다. 살구나무가 거칠게 진저리를 칩니다. 이 풍경을 바라본 산밭 빨갛게, 빨갛게 물이 든 복숭아나무들이 산드러집니다.

마른 새들이 머리를 흔드는 그 사이에 누워 이방면 안리 마을을 바라보고 있으면 새들의 어깨 사이로 열린 하늘은 깨진 유리처럼 유난히 반짝입니다. 반짝이는 햇살을 등지고 늙은 미루나무 아래 앉아 챙겨온 포도주를 유리잔에 따릅니다. 노란 양지꽃을 따 포도주 잔에 띄우고 마십니다. 그 맛이 얼마나 알싸하며 그윽한지 알지 못합니다.

나라의 화평을 위한 목사님의 말씀과 풍금 소리가 옥천리 마을을 건너가는 작은 산허리를 기어오릅니다.

마른 쇠풀 틈서리로 진작부터 호호백발 할미꽃이 피어 노랗게 웃고 있는 생강나무를 향해 손사래를 합니다. '그래, 그래 어려움도 견디면 꽃이 되고 열매가 되는 거야.'

황소 울음 소리 같은 징 소리가 아련히 들려옵니다.

경상도 땅에서는 땀 젖은 태극기를 펼쳐 들고 한 걸음 앞서 기미독립운동을 나섰던 영산면 함박산이 머리를 거칠게 흔들고 일어섭니다. 어머나, 어머나 저걸 어째 마주보고 있던 영취산靈鷲山이 투그리를 하고 일어서네요.

영취산과 함박산은 어느새 소가 되었습니다. 두 소는 잠시 뿔을 마주 하고 거친 숨을 몰아쉽니다. 두 마리의 황소는 허연 거품을 흘리고 앞서거니뒤서거니 영산면으로 내려와 한 마리는 동쪽에 서고, 한 마리는 서쪽에 섭니다. 갯버들 같은 영산면 사람들은 음력 정월 초하루부터 꼬기 시작한 새끼와 소나무 장대로 쇠머리를 만듭니다. 대보름날에 얼추 아우른 쇠머리를 두 황소에 씌웁니다. 3월 초하룻날 쇠머리대기를 합니다. '올해도 서쪽이 이겨야 하는데' 구경 온 사람들은 그렇게 덕담을 합니다. 서쪽이 여자陰이거든요. 어느 집안이나 어느 나라나 여자가 이겨야 편안하잖아요. 영산 쇠머리대기에서는 서쪽이 이겨야 그해 농사가 풍년이 들고 온 면민이 편안하답니다. 갯버들 같은 영산면 사람들은 얼락배락하는 것도 싫답니다, 한갓 땀을 뿌린 만큼만 갈라 터진 손금으로 쥐고 싶은 사람들입니다. 결코 지다위가 아닙니다. 들녘 가득 너울거리는 아지랑이를 흔들며 날아오는 저 함성! 굽이굽이

휘도는 논두렁에 자리잡은 냉이꽃들이 마냥 웃고 있습니다.

이렇게 우포늪 봄은 일어섭니다.

봄이 일어서는 우포늪으로 오는 길은 철새들의 소리로 웃자란 양파대궁들이 연둣빛 비단을 짜 가없이 펼쳐 놓았습니다. 오시는 길이 연둣빛으로 눈이 부실 것입니다.

* 술을 먹고는 얼굴이 붉어지는 모습

귀신 고래

산다는 것은

있는 듯 없는 듯 서 있다가 흔적을 두지 않고 사라지는 자지구름장[1] 같은 것입니다.

허리 굽은 자두나무가 어린 나무에 자리를 내주듯 그렇게 일하다가 주저앉는 것입니다.

저 검푸른 바다를 떠도는 귀신고래처럼 있는 듯 없는 듯 기운차게 일하다가 가는 것입니다.

우포늪에 오면 귀신고래 같은 한 사내를 만날 수 있습니다.

그는 밥줄도 없이 이른 봄이면 우포늪을 귀신고래같이 헤엄쳐다니다 불쑥불쑥 일어섭니다.

그때마다 동티가 난 그의 손금 위에는 속살이 뽀얀 몇 머리오리[2]의 삘기가 놓여 있습니다.

오시지요.

귀신고래를 잡으러 아니, 삘기 몇 머리오리 잡으러….

1. 순우리말로 자줏빛의 구름 덩어리
2. 실, 대, 나무 따위의 가늘고 긴 조각

봄비 속에는

지난 해 가을

설익은 호박들이 버림을 받았습니다. 들짐승들도 겨우내 거들 떠보지 않아 호박들은 양파밭 두렁에서 봄비에 젖습니다.

설익은 것은 어디에서나 버림을 받는 것

아기작거리다 끝내 스스로 여물지 못하고 엉거주춤 물러앉은 저 막연한 모습.

속절없이 시린 봄비에 젖는 호박들의 뒷모습 저편에는 포화 속에 앉은 사담 후세인과 아마드 찰라비의 얼굴이 떠오릅니다.

눈이 맑아 슬픈, 아니 까마중 눈동자를 지녀 더 착해 보이는 이라크 아이들은 죽어가고 더러는 팔도 더러는 다리도 이기심을 앞세운 그 무법자들에게 내주고 서로 드잡이를 하고 있을 때 국민은 내치고 땅 두더지가 되어 땅굴 속에 살던 사담 후세인! 그 후세인이

성조기 아래 섰다. 산적 몰골을 하고… 성조기는 마냥 펄럭이고 휘둘리는 이라크 국민들 소리치면 소리칠수록 분노는 원유지대의 불기둥이 되겠지요.

마산 자유무역 수출 지역 후문에도 어둠 속으로 시린 봄비는 내립니다.
온종일 목청껏 외쳐도 팔리지 않는 굴 무더기 좌판. 아등바등 사는 것이 서럽다는 이 땅의 어머니가 수건 하나로 비를 가리고, 풀죽은 남정네는 쓰레기봉투로 나앉아 소주병을 비우느라 속절없이 시린 봄비에 젖고 있습니다.
한 바구니 굴을 사들고 귀가를 서두르는 이 땅의 딸들도 찬비에 젖습니다.
누구 하나 거두지 않는 설익은 호박인 내가 이라크를 생각하고 북녘의 어린이를 생각하고
지난해 이승을 떠난 어미를 생각하며 부질없이 봄비에 젖습니다. 서럽게 젖습니다.

떠난다는 것은 얼마나 슬픈 일인가.
떠난다, 떠난다 다부지게 신 끈을 조이고도 떠나지 못한 우포

늪 갈대들이

회색의 머리를 풀고 울고 있습니다.

보라! 남은 자는 키를 낮추고 떠날 자는 스스로 삶을 챙기며 서로 보듬고 있는 저 모습

떠날 자의 아픔보다 남은 자의 아픔이 더 시리고 아립니다.

눈물은 서러운 소금기가 아니고 먼 훗날 싹을 낼 연밥입니다.

스산하게 나는 갈가마귀 떼가 흙바람을 일으킵니다.

양파밭 이랑에 앉아 잡식성 식욕을 돋우기 위해 서성입니다.

채워도 채워도 결코 채워지지 않을 가진 자들의 식욕으로 갈가마귀 떼는 봄비 속에 떠돕니다.

봄비에 젖어 우포늪 미루나무 옆에 서면 소리도 그림이라는 것을 압니다.

진실한 그림은 소리라는 것을 아시는지요?

이주를 서두르는 가창오리 떼가 내는 소리는 한 폭의 목판화입니다.

헤어진다는 것은 옹이진 목판화입니다.

그 목판화를 비집고 수달 한 마리가 고개를 쏘옥 내밉니다.

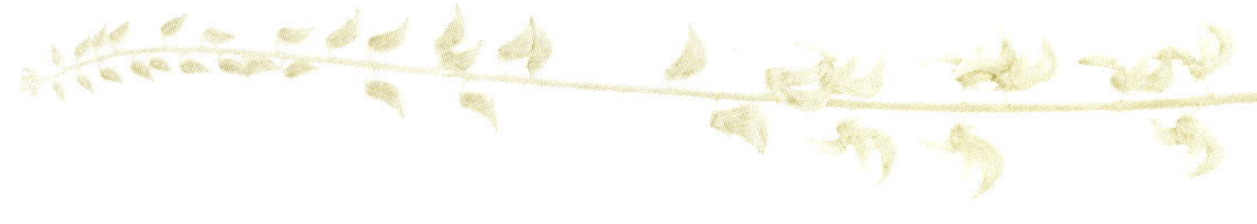

은빛 피라미

눈썹이 자꾸 간지럽습니다.

봄기운으로 남해 바다가 연초록으로 물이 들었나 봅니다.

양식장 숭어가 수백만 마리 얼어 죽은 혹독했던 지난 겨울 그 소금물 속에서도 너풀거리며 한 치는 더 자랐을 미역잎이 만장으로 펄럭이기 시작하나 봅니다. 봄은 가난한 사람의 눈썹을 늘 간질입니다.

누가 기별도 하지 않았는데 어느새 우포늪이 온통 은빛 피라미 떼로 눈부십니다.

끝이 보이지 않는 바람 끝에는 초대하지 않은 봄이 흐리마리 자리잡습니다.

눈부신 물비늘을 타고 가는 원앙새.

철새도 텃새도 아닌 엉거주춤 우포늪에 눌러 앉은 원앙새!

그 쇠물닭이 은밀히 내 보이는 사랑놀이를 입가에 웃음을 흘리며 만날 수 있습니다.
  3월의 우포늪에서.

  아지랑이 이는 3월은 살아 움직이는 것들이
外道를 꿈꿉니다.

  사랑한다는 것은
  마주보는 것이 아니라
  봄비에 젖으며 패랭이 꽃씨를 함께 뿌리는 일이겠지요.

  알고 보면 우리의 사랑은 유채꽃에 잠시 앉았다가
  봄비에 젖는 노랑나비의 지독한 현기증입니다.

  스멀스멀 물밑으로 기어가는 논우렁이가 사랑의 길을 잃고 서
성입니다.

  양파 농사가 힘들다며
  가족 몰래 보따리 싸가지고 서울로 간 그리운 누이는 길을 잡
지 못해 아직 돌아오지 않고

부질없는 3월의 돌개바람이 둑을 떠돌면 손금이 없는 우리의
어머니가 먼 산을 보며 덧없이 손짓을 합니다.

더듬이 하나로 우주를 훑고 사는 달팽이들이
귀썰미를 하고 있습니다.

조붓한 길을 따라오던
아이가 소리칩니다.
"가지 마라, 가지 마라."
길 떠나는 노랑부리저어새를 향해

복숭아나무 가지에는

보십시오!
여기를 보십시오.
우포늪을!

물안개를 자보록히 가리고 선 복숭아나무를…
복숭아나무들이 약이 올라 있습니다.
붉게 붉게
저토록 약이 오른 복숭아나무들
　저 연약한 가지마다 약이 올라 시린 봄바람에도 이글이글 타고
있습니다.

　타는 것은 복숭아나무들만 아닙니다.
　허허벌판을 걸어가는 농투성이 조 서방도 잉글불로 타고 있습
니다.

　　장터에서 빈속을 채운 막걸리로 불콰해진 우리네 조 서방의 얼
굴을 만나면
　　어찌하여 이 땅은 배운 놈이 더 게걸스레 해먹는지 갯버들이
묻고 있습니다.

　　어디 복숭아나무나 농사꾼이 예사로운 보물인가요?
　　하느님께 물어 보십시오.

　　저 복숭아밭 너머로 이라크 바스라의 뜨거운 불꽃이 너훌거립
니다.
　　열세 개의 줄무늬와 쉰 개의 별들을 새긴 깃발을 앞세우고 철
갑의 워커를 신은 그들이
　　새순들을 밟고 있습니다.

　　순한 것들을 짓밟으면
　　불길이 된다는 것을 그들은 모르는지?

　　이토록

바람이 어지러운 3월에도

지구촌을 휩쓸고 다니는 워커에 연약한 것들이 곳곳에서 휘둘리고 있습니다. 돈맛을 아는

'게다[*]' 짝들이 또 설치고 다닙니다.

거룩한 죽음은 부활의 이미지가 되어 또 하나의 부활의 여지를 두지만

결코 붉은 피는 화평을 부르지 못하거늘…

그 어떤 전쟁에도 부활은 없거늘, 아프게 소리치는 아이들의 울음 소리에 진저리를 칩니다.

세상이 아름답게 이어가는 것은 어린것들이 있어서입니다.

전쟁은 다시 할 수 있는 게임이 아닙니다. 웃으며 바라볼 수 있는 스크린도 아닙니다.

마냥 평온하게 받아들일 심포니도 아닙니다.

우리의 삶이 자유라는 이름으로 시달리기를 거부하듯 우리는 그들의 만용을 거부합니다.

보십시오, 당신의 발밑 언 땅을 비집고 일어서는 솜양지 꽃을…

국수 오라기를 먹더라도 사람이 사람답게 살아야 한다는 우리
네 조 서방!
3월은 그의 손톱 밑에서 아우성입니다.

* 나막신

들매화

3월은

산으로 나가 우리는 야매野梅가 되면 어떨까요.

　겨우내 은닉해 둔 낱말로 희게, 희게 꽃을 내는 산자락 야매로
서서 숲을 훠이 둘러보면 어떨까요.

　야매는 그윽한 향기로 산과 들을 덮습니다.

　소리없이.

살아남는 것은 보이지 않는 나무에 등을 기대는 것

우리가 잡은 나뭇가지에는 소금기가 녹아 있습니다.

저 하늘 아래 그리스 사람들은 소금을 우정이라고 했습니다.

소금은 먼지를 잠재웁니다.

유별나게 잔가지가 많아 바람을 잘 타는

은사시나무에 기대고 앉아

양파밭 이랑을 엉금엉금 기어가는 몸집이 가냘픈 '두이 옹'이
라는 여인을 봅니다.

한국 남자가 좋아 하롱베이에서 온 '두이 옹', 호치민 대학 영
문학과를 졸업한 재원才媛인 '두이 옹'

"재원이면 뭘 하는가요? 나라가 제자리에 있어야 대접을 받지
요" 엉뚱한 대답을 하는 눈물 많은 '두이 옹!'

부르지도 않은 자신의 처지처럼 고개를 내미는 쇠뜨기 싹을 뽑
아 내던지는 눈이 맑은 '두이 옹!'

그녀의 어깨 위로 모래 바람이 스치고 갑니다.

들고양이 한 마리가 우포늪 둑을 타고 갑니다.

우리는 들고양이를 따라 4월로 가고 있습니다. 우리의 심지와
는 관계없이 그냥 가고 있습니다.

뒤늦게 들매화가 눈을 떴습니다.

서늘한 풍경

이 세상 어디나 뒤늦은 걸음은 있습니다.

죽은 듯 엎디어 있던 땅강아지, 호랑나비, 북쪽비단노린재, 된장잠자리, 게아재비 물장군, 애딱정벌레가 어정거리고 나와 간지러운 햇살에 긴 하품을 뭅니다.

늙은 들뽕나무 허리춤에서 겨울을 난 호랑거미가 떠벌이 쥐똥나무와 토박이 소나무 사이의 하늘에다 지은 집을 수리하고 있습니다.

호랑거미는 곤충일까요? 아닐까요?

아닙니다, 아닙니다. 곤충이 아닙니다.

맞습니다. 육식성의 동물입니다. 이 땅의 배운 자들처럼 배운 만큼 국민을 무시하고, 어려운 국민의 피땀을 먹는 육식성의 동물입니다. 그것도 살아 있는 곤충만 먹습니다. 씹거나 삼키지 않고 그 흉한 입에서 독을 내어 산 것을 녹여 그 즙을 남몰래 쪼옥쪼옥 빨아 먹습니다. 하늘에다가 집을 짓고 사는 호랑거미의 집은 여의도 ○○의사당을 닮았습니다. 거미의 천적은 없을까요? 있습니다. 대모벌입니다. 대모벌은 거미의 목덜미에 독침을 찔러 거미를 기절시킵니다. 결코 거미를 죽게는 하지 않습니다. 기절한 거미를 끌고 집으로 가는 치열한 노동력, 그 노동력은 이 땅의 어미들의 모습입니다. 대모벌은 집에다 모셔 놓은 거미의 뱃속에 알을 낳고… 새끼들은 죽지 않은 거미의 속살을 파먹고 자랍니다.

저 서늘한 생의 풍경!

아시지요?

거미들도 하늘에 집을 짓지 않고, 돌 틈에, 돌 밑에 썩은 나무에 터를 잡고 사는 거미가 더 많다는 것을 말입니다.

하늘에다 집을 짓고 산다고 으스댈 것이 아닙니다.

땅에 집을 짓고 사는 거미가 더 많습니다.

경덕왕 용마루에 앉았던 기왓장이 세월에 떠밀려 우포늪둑까지 오며 깨졌습니다. 깨진 기왓장! 그 밑에 사는 깡충거미가 나들이를 합니다. 부지런히 돌아다니며 사냥하는 깡충거미의 발걸음이 바쁜 우포늪 오후, 바다에서 열심히 그물을 치고 사는 어부나, 땅을 일궈내는 저 농부들도 대모벌이 될 수 있음을…

어떻게 위정자들은 모를까요?
노을이 붉게 물들었습니다.
저 진달래 불꽃 같은 노을 아래서 두 손을 모읍니다.
오, 하느님….

들개

양파같이 곱게 늙은
양파 같은 할머니가 양파밭 이랑에서 양파처럼 뽀얀 궁둥이를
내놓고 양파처럼 앉아 오줌을 눕니다.
아직은 오줌 줄기가 드센 양파 같은 할머니!
저 할머니의 옆모습이 잘 벗긴 양파처럼 아름답습니다.

뽀룡뽀룡 새 잎을 내는 미루나무에 기대고 섰던 나는
미루나무를 얼싸안고
들개처럼 오줌을 눕니다.
미루나무가 가볍게 진저리를 칩니다.
나도 덩달아
진저리를 칩니다.

찬란하게 빛을 내며

혜성 하나가 화왕산을 넘어가고 있습니다.

4월의 우포늪에
오시면 누구나 들개가 됩니다.

사랑을 찾아 훠이훠이 나다니는
들개가 됩니다.

걸음 한번 하시어
오줌 한번 시원히 누지 않으실는지요?

새참

　마른 줄풀로 어지러운 우포늪 둑길을 따라 오토바이가 무자치처럼 달려옵니다.

　우포늪 둑을 타고 오며 마른 줄풀을 어지럽게 흔들었던 오토바이가 멈춥니다. 은박지상자가 먼저 내립니다.

　"짜장면 어데서 시켰소?"

　청요리집 만옥정 주인 할아버지의 쉰 목소리가 물꽃이 피듯 번져납니다.

　"여기다, 여기."

　양파밭을 손보던 할머니가 손짓을 합니다.

　무당벌레로 엎디어 일하던 농부들이 무당벌레처럼 꼬물꼬물 모여듭니다.

　"야, 넌 맨날 휴지부터 먼저 주노? 시킨 짜장면을 먼저 주지."

　할머니가 타박 아닌 타박을 합니다.

　"가스나야, 그것도 모리나. 입 닦고 손 씻으라고 준다 아이가."

둘이는 초등학교 동기동창으로 이렇게 나이테를 만들어갑니다.

"내가 어데 금 빼지 단 놈이가 더럽지도 않은 손 씻고 입 닦구로."

할머니의 트집입니다.

"서양 것들은 이걸로 밑구멍 닦는데 우린 조디(주둥이) 닦고."

유어면 성주사가 한마디 거듭니다.

"바쁘다며 길 가면서도 햄벅을 우쩍우쩍 먹는 그깐 녀석들이 어떡하든 우린 짜장면 묵고 조디 닦고 그걸로 밑구멍 닦으면 좋잖아요. 세상에 식어서 좋은 것 아무것도 없습니다. 어서 묵자. 식은 짜장면은 똥돼지도 싫어합니다."

연변에서 소금보다 더 짠 돈 몇 푼 빌리러 온 장씨가 어서 먹자고 벌쭉 웃습니다.

양파밭머리에서 먹는
우포늪 점심나절에는 들소리가 창포잎처럼 퍼렇습니다.

물푸레나무 우듬지

하느님은 5월의 어린이입니다.

어린이의 맑은 눈은 하늘입니다. 그 하늘을 다스리는 분은 하느님입니다.

이토록 찬연하게 꽃을 탄생시키고, 나무에게 가없이 연둣빛 힘을 주는 것은 자연이라면, 처음 자연을 내놓으신 분 또한 하느님입니다.

원시의 풀숲을 놀이터로 삼는 사람은 어린이들입니다.

하느님은 5월의 어린이요, 거룩한 어머니요, 아버지이기도 합니다.

연둣빛 잎새로 눈부신 나무들의 우듬지를 바라보며 아름답게, 아름답게 노래하는 새들과 물소리, 풀잎을 스치는 바람소리를 듣고 있으면 비로소 하느님이 전지전능하시다는 것을 스스로 깨닫게 해줍니다.

5월의 우포늪은….

터질 듯 우거진 갈대숲에 서면 스스로의 몸을 감추기를 즐기는 것은 사람만이 아닙니다.

호랑꽃무지[1]도 숲에 들어서면 몸을 숨기기를 좋아합니다.

꽃무지를 아시는지요?! 풀색꽃무지[2]를… 벌이나 나비는 꿀이 아니면 꽃가루를 먹습니다. 5월이면 풀색꽃무지는 꽃가루와 꿀과 꽃을 아귀아귀 먹습니다.

세상에서 먹는 모습이 아름다운 것은 갓난아기가 젖 먹을 때와 풀색꽃무지가 꽃을 먹는 풍경입니다. 이 풍경은 그냥 읽고 넘길 수 있는 잠언이 아닙니다. 위대한 잠언은 자연의 순리 속에 숨어 있습니다.

언제 어디서나 결코 얌전하게 있을 수 없는 미물은 호기심 덩어리 어린이들입니다.

몸집이 작아도 흙 속을 꿰뚫고 다니는 땅강아지처럼 어린이는 세상을 뚫고 다닙니다. 우주를 건너다닙니다.

눈앞에서 흔들리는 창포 숲에 앉아 물밑을 보면 물방게가 물옥잠 뿌리 사이를 서성거리는 것이 보입니다. 물방게는 물과 땅 사이에 앉은 앙금을 휘젓고 다닙니다. 뿌옇게, 뿌옇게 일어서는 앙금. 우리가 치열하게 치르는 삶이 역사라는 이름으로 물밑에 저렇게 가무리고 앙금으로 앉아 쌓이는 것입니다. 삼십 년을 더 양파 농사를 짓고도 포실하지 않는 살림으로 허리 굽은 성산댁, 그 성산댁 손톱에도 5월의 연둣빛은 짙게 듭니다.

물가 창포잎을 기어가는 작은 무당벌레는 살아 움직이는 신기한 보석입니다.

무당벌레처럼 꼬물꼬물 양파밭을 기어가는 저 아낙들의 손에 뽑혀 올라오는 침묵의 꽃, 꽃을 만지면 그냥 앉아 있기가 민망합니다.

무성히 자란 줄풀을 따라가면 마을과 마을 가르는 살피[3]가 나옵니다. 사람들은 살피를 따라 양파밭을 거슬러 우포늪으로 오고 있습니다.

하느님은 연둣빛 어린이입니다.

1. 풍뎅이과 벌레
2. 풍뎅이과 벌레
3. 땅의 경계

동고비는

작아서 더 예쁜 박새, 동고비, 종달이 오목눈이 노랑턱 멧새…
아니 이 땅에 사는 많은 새들과 짐승들이 새끼를 돌보는 저 숙연
한 모성애를 보고 있으면 깊은 감동에 젖습니다.

5월에는 우리가 잊고 있었던 어버이를 그리워할 때입니다.

가까운 산으로 올라가 허리 굽은 나무를 끌어안고 그리운 이름
들을 부르며 늘키늘키 울어볼 일입니다. 있어도 그만 없어도 그
만인 체면과 부끄러움은 잠시 접어두고 슬픈 짐승이 되어 늘키늘
키 울어볼 일입니다. 우리의 어머니는 우리가 눈치채지 못하게
소리 죽여 우셨습니다. 시름도 얼쑤, 기쁨도 얼쑤 우리는 들녘으
로 자주 나와야 합니다. 자주자주 외로워져야 합니다.

5월은 따지고 보면 어머니의 언덕입니다.

이 허허로운 들판에 결코 쓸쓸하지 않은 것은 키 낮은 풀꽃들
이 있어서입니다. 그들은 이름을 내려고 아등바등하지 않습니다.
언제나 있는 듯 없는 듯 그렇게 낮은 목소리로 표현하면서 제 푼

수를 넘지 않습니다.

풀꽃 같은 마음 여린 우리의 어머니.

5월에는 누구나 꿈을 한 눈금씩 눈금을 올리고 사는 우포늪 사람들!

가쁜 숨을 고르며 머언 산과 산을 바라보면 희뿌연 하늘과 산 사이로 새들이 별똥별처럼 날아가는 모습을 만날 수 있습니다. 날아가는 새를 바라보고 있으면 어느새 우리는 한 그루 나무가 되어 소곤거리는 바람에 흔들려 주면 어떨까요?

작고 작은 풀벌레들이 조약돌처럼 작고 예쁜 이야기를 재잘거립니다. 해질 무렵이면 늦여름까지만 해도 그토록 서슬 푸르게 살아 늠실거리던 갈대들이 스스로 꽃을 내었던 그 자리에서 처연히 숨을 거둔 그 쓸쓸함을 만날 수 있습니다. 어린 갈대들이 숨을 거두고 죽어 서 있는 묵은 갈대의 자리에서 대물림을 합니다.

새로이 삶의 깃발을 올린 어린 갈대들은 개혁을 꿈꿉니다.

5월의 우포늪은 갈대들의 개혁의 순간입니다. 말이 무성한 정치판처럼 우포늪 가는 길에는 바랭이들이 엉겨 붙어 한 걸음도 내딛지 못하고 서로 붙들고 있습니다. 살아 있는 것들은 스스로 가지치기를 지혜롭게 할 줄 아는 인내를 지녀야 하겠지요. 어둔 밤이면 압구정동 골목을 떠돌고 있을 비닐봉지를 생각합니다. 올

해도 정치꾼들이 내건 공약들이 헌 운동화가 되어 이곳 개울까지
떠내려와 있습니다. 세상이 어지러우면 어지러울수록 속을 비우
고 사는 왕대나무가 되어 푸렁푸렁 살고 싶습니다.

꽃귀신

물안개가 가계주[1]로 드리워진 아침나절에는 늪 위로 물새들이
납니다.

아이들이 뽑아 먹다 남긴 띠들이 흰꽃을 내어 나비처럼 날아다
닙니다.

우리가 새를 그리워하는 것은 날지 못하는 스스로의 처지를 알
고, 하늘을 날기 위한 꿈을 버리지 않았기 때문입니다.

낯선 새소리가 여린 풀잎의 어깨를 흔들고 보드라운 것들이 날
을 날카롭게, 날카롭게 세우려고 우포늪 풀들은 머리를 들기 시
작합니다.

5월의 우포늪에 서면 누구나
꽃물이 곱게 듭니다.

멀리서 오느라 지친 물총새가 죽은 갯버들가지에 앉아 꼬박꼬
박 졸고 있는 풍경이 웃음을 흘리게 합니다.

제비나비들이 호롱호롱 줄풀 사이를 날아다니고 있습니다. 어린 쉬리들이 마름 사이를 거닐고 창포잎에 앉은 이슬이 유별나게 눈부십니다. 이슬방울은 질경이에게도 장난을 치지 않습니다. 쇠뜨기 이슬밭을 아이들이 염소가 되어 뛰어다닙니다. 동심은 상상의 숲입니다. 숲에 서면 자연과 자연이 시詩로 건너는 비유가 숨어 있음을 발견할 것입니다.

우포늪 5월은 누구에게나 동요를 부르게 합니다.

어쩌다 귀한 손님을 만난 듯 아기 송아지가 둑에서 울면 괜히 눈물이 나는 5월입니다.

5월의 우포늪에는 열여덟 살 처녀 아이의 속옷같이 흰 찔레꽃이 무더기, 무더기 일기 시작합니다.

눈을 뜨기 시작하는 달개비꽃이 더 한층 아름답게 느껴질 때 눈앞 갈대숲이 서걱입니다.

능소니[2]가 불현듯 나타날 것 같은 순간의 착각에 무서워집니다.

우포늪 5월은 밤이 더 아름답습니다.

고향을 등진 나그네들은 철없이 풀밭을 나뒹구는 염소처럼 풀밭을 나뒹굴어 볼 일입니다.

5월의 끝자락쯤에 우포늪에 오시어 새풀이 우거진 긴 둑에서 나뒹굴어 보십시오! 망연히 아카시아숲을 거닐다 보면 꽃귀신[3]을 만날 것입니다. 그 꽃귀신의 손을 잡고 가시연이 파전처럼 떠 있는 것을 만날 것입니다. 그 파전 같은 가시연 이파리 위로 청개구리가 놀 것입니다. 비로소 그대도 청개구리임을 깨닫게 될 것입니다.

넓은 우포늪 물에 얼비치는 꽃노을을 보시다가 덤으로 물새들이 잠자리를 찾아드는 보기 드문 풍광을, 계면떡[4]을 얻어먹을 수 있는 행운을 얻을 수도 있습니다.

어둠이 내리면 우포늪은 순간 막막해집니다. 늪에서 새들 소리와 개구리 소리, 방울벌레 소리가 들끓습니다. 더러는 '뜸! 뜸!' 뜸부기의 노랫소리를 들을 수 있을 것입니다.

갓밝이[5]에는 기지개를 크게 하시고 화왕산을 보십시오. 까투리가 꺼병이들을 데리고 보리밭으로 숨어드는 모습을 볼 수 있을 것입니다. 찔레덤불에서 '꺽꺽 푸드덕' 장끼의 사랑놀이를 신선하게 들을 수 있을 것입니다.

우포늪 둑 너머 산밭에는 몽울몽울 자두가 여물어가고 있습니다.

1. 아롱아롱한 번개무늬가 있는 명주
2. 곰의 새끼
3. 어린이가 죽어서 된 귀신
4. 무당이 굿을 끝내고 구경꾼에게 나눠주는 떡
5. 새벽이 되어 날이 막 밝을 무렵

잠수거미

비를 맞고 싶습니다.
진초록 구름으로 굼실거리는 들녘에 서서
싸리 회초리로 내치듯…
드세게, 드세게 퍼붓는 비를 맞고 싶습니다.

마냥 퍼붓는 빗줄기…
쪽동백으로 서서
속절 없는 비에 젖고 싶습니다.

잠수 거미가 물밑의 먹이를 찾아내듯…
수봉산 산 어딘가에서 여물어가고 있을 풋 복숭아를 따 와
와짝와짝 깨물고 싶습니다.
입 안 가득 출렁이는 사랑의 묘약.

그 알싸한 사랑의 묘약에 취해 숨기고 살았던
그리운 사람의 이름을 부르며 마냥 비에 젖고 싶습니다.

비에 젖어도 쪽동백은 흰꽃을 냅니다.
쪽동백이 되어 휘이휘이 휘파람을 불고 싶습니다.

비에 젖다 비에 젖다
눈앞이 흐려지면 비에 젖은 휴대폰을 꺼내
비에 젖은 숫자를 누르며 통화를 꿈꾸고 싶습니다.

빗소리에 섞여 흐릿하게 들려올 그대의 목소리에 울고 싶습
니다.
서럽게, 서럽게

비처럼
그렇게 울고 싶습니다.

그 해도 비가 왔다지요.
진흥왕척경비를 세우던 그 해.

창날 같은 빗속에서 돌로 돌을 먼저 다듬고
시퍼런 불똥을 사방으로 튕기며
한 획, 한 획 새겨 넣었다지요.

돌장이는 장대비 속에서 비슬산맥 너머에 두고 온
아내를 그리워하며 쓸쓸히 웃었다지요.
빗줄기 속에 서서.

기생잠자리

불개를 보셨는지요?
이글이글 불덩이 해를 먹어치우는 개.
어제도 이글이글 오늘도 이글이글…
내일에도 달과 해를 성나면 먹어 치울
그 징한 불개를 보셨는지요.

키를 올리던 어린 벼 포기들이 시들시들 시들어가는 것을 봅
니다.
땅이 더워지기 시작하면
그 불개가 저 해를 좀 먹어 치웠으면 하는 엉뚱한 생각을 합
니다.

깊이 파 뒤집어야 씨알이 굵다는 진리 앞에
파 뒤집고 파 뒤집어 물 퍼주고 정 퍼주고 가꾼 둥실둥실한 양

파!

이랑 이랑마다 부끄럽게 뽀얀 알몸으로 줄지어 나앉은 양파들….

묘하게 일어서는 인간의 본능!

보고만 있어도 행복해지는 양파가 제값이 아닙니다. 한번 읽고 내다버린 헌 신문지보다 못한 처지라 피난민처럼 줄지어 이랑에 널브러져 있습니다.

양파들의 그 딱한 처지를 아는지 연둣빛 숲에서 곽공郭公이 서럽게 웁니다.

'너무한다, 뻐꾹'

'두고 보자, 뻐꾹'

양파들은, 사래 긴 이랑 이랑에서 뽀얀 알궁둥이 양파들은, 시름시름 죽어갑니다.

농투성이들도 뒤틀려 갑니다. 일하고도 빚 덫에 걸려 오도 가도 못합니다. 곽공이 산솔새 둥지에 알을 낳아 산솔새와 마주하고

'갖다 주자, 뻐꾹.'

'도와 주자, 뻐꾹.'

곽공은 우포늪 벌에 허옇게 널브러진 양파라도 북한땅 용천에 안아다 주자고 애걸복걸합니다.

가엾은 제 처지는 모르고 남을 위해 웁니다.
우포늪 6월의 한나절이 서러움에 겹습니다.
연둣빛 숲이 눈이 부셔 눈물이 나고
슬픈 곽공의 울음 소리로 그분들을 생각합니다.

있는 듯 없는 듯
실없는 사람으로 언제나 그 자리에 서 있을 것으로 믿는
손마디 굵은 그 사람

그 사람 곁으로 한번
걸음 할 때입니다.

그분은 걸어온 길이 너무 멀어
마을 정자나무 아래 휘주근히 앉아 바람을 타고 나는 귀생 잠
자리를 보고 있습니다.

겨울 철새는

겨울철새 울음 소리에 먼저 귀가 열린
차전자車前子가 서둘러 직립을 합니다.
누군가 짓밟아도 대들지 않고 다시 일어서는
저 모습!
포릇포릇 스스로의 의지를 깃발로 내걸기 시작하는 차전초들
의 몸짓!
참으로 숭고합니다.

살아 있다는 것은 살아 있는 것에게나 죽어 있는 것에게 손을
잡는 일입니다.
흙먼지로 눈병을 얻은 남지댁이 차전초 잎을 따 모읍니다.
"입이 없어 말 못하는 풀도 사람을 돕는데 나랏일을 한다는 그
화상들은 우리 어려움을 어째 모를꼬?"
"그 화상들은 인간이 아니여, 엔칸가 맨칸가 했다는 정 뭣이라

는 그 화상은 늙은 것들은 투표도 안 해도 된다고 한창 바로 배우
는 젊은이들에게 알려주고 표를 긁어모아 그래도 높은 자리에 앉
아 싱얼싱얼 웃고 있잖습디까?"

"그 화상은 안 늙는가 봅시다. 이 질경이 풀만도 못한 화상들
이 많아요, 우리나라는."

"인권을 앞세우고 세계를 휘두르는 미국사람들도 젊었을 때 일
많이 하고 늙어서는 복지시설을 잘 만들어 안 아프고 수월하게
살아 늙은이 천국이라는데…."

"장애우 시설도 잘되어 불편을 잘 덜어준다는데 우린 언제 구
경 한번 해 볼꼬…."

"기왕에 우린 이렇게 눈을 감고 자식들이나 누렸으면 하는 것
이 우리 소원 아입니꺼?"

"못된 화상들, 내 죽어 저그들은 안 늙고 내 곁에 안 오고 어떻
게 하는지 명심하고 볼낍니다. 엔칸가 맨칸가 해먹다 자리 올라
간 정 뭣이라는 그 화상…."

우포늪 둑에 앉아 대대리 아낙들이 권커니 작커니 하는 말입
니다.

정성껏 달여 그물로 아픈 눈을 씻으려고 준비를 합니다.

짓밟혀도, 짓밟혀도 서슬이 시퍼렇게 다시 일어서는 몸짓!

굴욕도 참으면 영광이 된다는 고집으로 활기차게 걸어가는 저
모습
우포늪은 온통 소리없는 아우성입니다.
'뚫어진 조디라고 그냥 놀리는 게 아니지.'
'조디 다물어 똥파리 들어간다.'

성산댁 눈물이
후미진 저 산자락의 까마종이 하얀꽃으로 일고 있습니다.
그 까마종 하얀 꽃은 비사벌 아낙들의 눈물입니다.

별이 된 마름

   모처럼 걸음 한 그대 앞에 개구리밥, 생이가래를 거느리고 사는 마름으로 나 앉고 싶습니다. 진주 의곡사義谷寺 추녀 끝에 은근슬쩍 얼굴을 낸, 단청 무늬로 떠 있는 마름이고 싶습니다. 삶의 끈을 길게 늘려 뿌리는 개흙에 내려놓고, 바람이 불면 부는 대로, 비가 치면 치는 대로. 쇠물닭이 쪼면 쪼는 대로. 그 어려움을 견디면서 저렇게 꾸밈없이 삶의 모습을 내놓는 마름이 되어 사람도 한 포기 풀과 진배없음을 보여 드렸으면 합니다. 산다는 것은 어려움을 내 손등의 정맥처럼 물 아래로 내리고 속절없이 떠 있는 것입니다. 물 속에서 마름들의 삶의 끈이 뒤얽히지 싶어도 결코 뒤얽히지 않습니다. 뒤얽히는 것은 이기심에 눈이 먼 위정자들의 마음입니다. 침몰하지 않으려고 부낭을 만들어 자리잡는 치열한 삶의 모습을 보십시오. 바람이 불면 쓸쓸히 자리를 비켜나 주는 저 마름의 모습!

   영악한 우리가 사는 것도 늪 위에 떠 있는 마름의 처지나 별다를 바 없습니다.

7월이면 불볕 속에서 저 마름들도 삶의 긴장을 놓지 않습니다. 우리가 아들 낳고, 딸 낳고, 명주 놓고, 베 놓고, 더러는 애달파하듯이.

우리가 하찮게 여기는 저 마름들도 알콩달콩 삽니다. 보시지요, 저 뽀얀 꽃을 내건 마름의 자태를. 저 작은 꽃이 밤이면 우포늪의 별이 됩니다. 가을이면 미늘을 양켠에 지닌 까만 씨를 냅니다. 단단하고 단단한 껍질 속에 뽀얀 속살을 숨긴 마름 씨!

우리는 능실이라 하지요.

7월은 그대들 앞에 마름으로 나 앉고 싶습니다.

저렇게 흔들리는 갈대숲 너머 마름으로 떠 그대를 바라보며 '섭리'攝理라는 낱말을 써 보고 싶습니다.

사랑은 흔들리는 갈대입니다.

연둣빛 이불

연약하고 허약한 몸으로 6월의 강을 건너오며 풀잎들은 저마다 살아남을 연장을 마련했습니다.

날카롭게, 날카롭게 일으켜 세운 칼날!

산다는 것은 스스로의 날을 예사롭지 않게 세우는 일입니다.

그토록 부드러운 연둣빛 이불을 마냥 부풀리고 있던 숲들이 어두워집니다. 한낮에도 어둠침침한 숲.

저 숲 속의 붉은 흙을 덮고 억울하게 죽은 우리의 이모와 고모, 외삼촌과 삼촌들이 괭이 날을 붙잡고 올라오고 있습니다.

앙상한 정강이뼈와 앙상한 두개골, 앙상한 팔꿈치. 앙상한 갈비뼈가 억울해 너무 억울해 일어나고 있습니다. 붉은 흙을 뒤집어쓰고 일어섭니다. 비가 올 때면 한 걸음 먼저 아려 오던 관절이 섬뜩한 모습을 하고 거칠게 진저리를 칩니다.

그 때 죽은 어린이의 두개골이 나박김치 보시기로 나타납니다. 억장이 무너지는 슬픔입니다. 손과 발을 묶은 것으로 보이는 허리띠도 은가락지도 비녀도 라이터도 창칼도 송곳도 못도 칼빈 탄피, 장총 탄피, 기관총 탄피가 독버섯으로 나옵니다. 그 붉은 흙을 뒤집어쓰고 나옵니다. 그 무서운 잔해를 수습하는 늙은 손길이 분노에 떨립니다.

개망초 흰 꽃그늘이 오늘따라 슬퍼 보입니다.

세월이 가도 분노는 풀리지 않습니다.

아카시아숲은 아카시아숲이어야 하고, 억새숲은 억새숲이어야 하고, 소나무숲은 소나무숲이어야 하고, 복숭아밭은 복숭아밭이어야 하는데 7월이면 무서워집니다.

세상 어디에서나 힘없는 것이 먼저 쓰러진다고 하지만 이런 비극은 없습니다. 아는 것이 모자라 무참히 쓰러진 우포늪 옆동네. 산청, 함양 사람들은 6.25때 말뜻을 몰라 죽은 사람들이 한둘이 아닙니다.

참 슬픈 우리의 역사입니다.

"군경 가족은 앞으로."

50여 년 전 저쪽 편을 들었던 사람과 이쪽 편을 들었던 사람을 가려 내려고 트럭 줄지어 세워 놓고 한 말입니다. 문정 무르는 상머슴이 엠원총을 들고 서서 소리친 말, '군경가족' 이 말뜻을 몰라 트럭에 실려 간 그 사람들이 아직 돌아오지 않습니다.

7월의 검은 아카시아숲은 무섭습니다. 이렇게 비라도 부진부진 오는 날에는 소름이 돋습니다.

연둣빛 밤송이 같은 소름이 돋아나 살갗이 아픕니다.

아기 원앙새가

'세상에, 세상에, 저렇게 앙증맞은 것들이 어디 있을까요?'

어미 원앙이 앞서고 그 꽁무니에 아기 원앙들이 줄지어 따라갑니다.

개구리밥을 헤치고 마름을 밀치고 영상으로 흐릅니다.

사이사이로 날을 세운 창포잎과 갈대와 부들 사이를 헤집고 갑니다.

아기 원앙들은 그 날카로운 갈대잎이나 창포잎이나 부들잎에 상처를 입지 않습니다.

주지도 않습니다.

바람이나 마실 간 아비가 어디쯤 있을까 흘끔거리며 아기 원앙들을 데리고 어미 원앙은 늪을 떠돕니다.

아시지요.

원앙 부부 금실이 우리가 생각하는 만큼 좋지 않다는 사실.

바람피우는 아비

바람피우는 어미

어린것들은 자라 아비어미가 한 짓을 속절없이 따라서 하고….

정말입니다. 원앙 부부는 금실이 좋지 않습니다. 우리가 착각하고 보는 것이지요. 새끼를 다 키우면 어미는 어미대로 아비는 아비대로 슬쩍슬쩍 서로 바람을 피운답니다. 까치도 슬쩍슬쩍 바람을 피운답니다. 하지만 늙은 소나무에 집 짓고 살던 황새는 아무나 하고 살을 섞지 않습니다. 수컷이 먼저 가면 암컷이 외롭게, 외롭게 혼자 살다 끝내 뒤따라가는 습성을 아시지요. 거칠 대로 거칠어진 새풀에 주저앉아 덧없는 권세와 덧없는 명예와 더 없는 집착을 생각하며 실바람에도 개가죽나무가 실없이 잎줄기를 흔들 듯 그렇게 흔들리는 이가 많습니다. 아내가 자투리 천을 갖다 대고 깁은 양말을 들여다봅니다. 한땀 한땀 기워서 내준 양말이 이토록 소중할 줄이야. 저만치 흘레붙은 왕잠자리 한 쌍이 신나게 날아옵니다.

늪노랑어리잎 위에는 흰 알을 등에 업은 수 물자라가 알을 까고 있습니다.

이 순간에도 우리는 얼마나 많은 편견과 착각이라는 괴물에 눌려 사는지 모릅니다.

복숭아 향기 그윽한
복숭아밭에 키 낮은 황도복숭아나무에 올라앉은
낡은 라디오가 덥다고 아우성입니다.

물꽃은

　　아쟁의 핏줄을 몸살나게스리 비벼 끝내 흐느끼게 하는 활대의 정체를 아시는지요? 걸치고 있던 옷가지를 훨떡훨떡 던져 주고 군살 하나 없는 훤칠한 그 몸매를 챙겨 보셨는지요!

　　그 늘씬한 몸에 송진을 칠하고 일곱 줄을 신열나게 비비어 장엄하고 정숙한 음빛깔로 우리의 영혼을 울리는 아쟁의 기둥서방, 그 활대의 정체를 알아보기 위해 뒤를 밟아보셨는지요?

　　그 활대는 봄이면 꽃 그늘 환하게, 8월이면 잎 그늘이 푸르른, 우리의 골목길에 떼 지어 사는 개나립니다.

　　욕정에 눈먼 사내가 훌훌 속옷을 벗어 던지고 덤비듯 그렇게 알몸이 되어 아쟁의 일곱 줄을 현기증 나게 비벼 흐느끼게 하는 그 정체가 바로 개나립니다.

　　벼농사 그만두면 몇 푼 내준다는 말을 거역하고 심은 퇴마냥[1] 을 흐린 눈으로 바라보는 김학동 씨! 그의 눈에는 피눈물이 크렁크렁합니다. 양파를 갈아엎은 그 자리에 일어서는 퇴처럼…

아쟁의 활대 같은 그런 농투성이들을 울게 해서는 안 됩니다.

'착한 사람 눈에 눈물나게 하면 자기 눈에 피눈물 난다'

있는 듯 없는 듯 사는 신갈나무로 사는 이 땅의 농투성이들을 울려서는 안 됩니다.

눈앞의 이익에 눈이 멀어 멀쩡한 논을 묵정밭으로 만드는 이 땅의 샌님들… 쌀농사는 놀리면 놀린 만큼 논은 망가진다는 사실을 아시는지요? 땅과 사람을 버린다는 것은 스스로의 삶을 포기하는 것입니다.

내팽개치는 논에 곁따른[2] 손길로 또글또글 한 잡곡이라도 거둬 헛헛한 북녘 땅에 보내주어 비영비영[3]한 아이들을 바로 세워야지요? 그 아이들은 누구의 아이들입니까?…

눈길이 멀면 몸길도 멀다지만 북녘은 우리의 눈귀[4]입니다.

사람이 허파에 바람이 들면 허튼 짓을 하고, 간에 바람이 들면 부퍼져 앞을 못 보고, 마음이 돈 때를 타면 배신을 한다지요. 깨끗하게, 눈먼 것은 챙기지 않겠다고 그렇게 맹세하고 서울로 간 철새들은 어째서 하나같이 지정머리 없는 짓만 할까요?

선 자리가 어지러우면 잠자리마저 어지럽습니다. 휘청거리는 몸을 이끌고 들길로 나섭니다. 늪으로 가는 길은 어둠과 물안개가 발목을 겁니다. 부질없이 어둠 저쪽에서는 물새들이 지저귀고 우포늪 아침은 속절없이 다가섭니다.

참고 사는 나무들마저 시들시들 시들고 건강한 나무는 해뜨기 전에 챙겨 보면 알 수 있습니다. 잎새들을 거침없이 하늘로 내걸면 그 나무는 그늘마저 건강하고, 시름시름 속 끓이는 나무는 어깨가 축 늘어지고 어깨 처진 풀과 나무에는 무당벌레도 찾아와 주지 않습니다.

지난 6월과 7월은 비참했습니다.

목회자로 서고 싶었던 젊은이를 죽게 한 복면한 알자르카위 무리들의 칼날에 생을 빼앗기고 그가 그렇게 생을 내준 그것도 억울하지만 오직 하나밖에 없는 국민의 소중한 목숨을 그냥 방치하고 만 위정자들이 더 밉습니다.

우리가 뽑은 대통령은 뭘 합니까?(사실 나는 '노우'보다 '예스'를 많이 하고 사는 어정잡이니까요)

이런 막막한 8월의 아침에는 차라리 개똥벌레이고 싶습니다. 어둠 속에서도 그대를 찾아 갈 수 있는 작은 등불을 마련하고 사는 개똥벌레이고 싶습니다. 뒤늦게 꽃을 낸 찔레나무에 앉아 아이들을 기다립니다.

1. 아주 늦게 심은 모
2. 어떤 일에 덧붙어 따라함
3. 병으로 말미암아 몸이 몹시 파리하고 기운이 없다.
4. 눈초리

늙은 소나무

요즘

우포늪은 나무들이 장맛비에 꺾이고, 사람 손에 꺾이고 풍경이 참 허쑹합니다.

가시연을 뿌리째 뽑아가는 검은 손들에 훼손되는 늪에서 인간의 무례함에 거칠게 진저리를 칩니다.

산 너머 마을, 장마면 신구리 사람들은 물로 인해 귀한 생의 끈을 놓았거나, 무릎이 붓거나 휘거나 등이 붓거나 휘거나 알지 못하는 괴질에 걸려 앓고 있습니다.

채석장이 들어오고부터 물이 탈이 났다고 늙은 소나무 같은 어른들이 거침없이 말합니다. 물 속에서 맞는 갈증이 더 심하듯이 우포늪 사람들이 물로 병을 앓고 있습니다. 어느 누구 하나 이 어른들의 손을 잡고 병을 치료해 줄 생각은 아예 밀쳐 두고 물병 몇 개 던져 주고 노닥거립니다. 가엾은 우리의 어른 지청구가 되어 앓고 있습니다. 어디 그분들이 양파 치레기[1] 입니까? 그렇게 얕

잡아보고 떨쳐 내도 되는지요? 그분들의 피땀으로 그대들이 그 자리에 앉아 있음을 왜 알지 못하는지요? 머지않아 그대들도 그 자리에서 떠밀려나 허섭쓰레기[2]가 된다는 사실을 옹이로 새겨 두시기 바랍니다.

알고 보면 우리도 늪과 산과 들길에서 만나 볼 수 있는 쇠뜨기나 바랭이나, 질경이나 지렁이나 개미나 땅강아지나 소나무나 개망초 미루나무 한 그루보다 결코 우월한 처지가 아닙니다. 공생 공존하며 잠시 머물다가 가는 것입니다. 우리가 머물렀던 그 자리에 저마다 성실히 그림을 그리는 것뿐입니다. 나이테가 많다는 이유 하나로 버림을 서슴지 않는 이 나라가 우포늪 사람들은 무섭답니다.

아침 나절 바랭이 풀들이 잠시 걸음을 멈추고 먼 산을 바라볼 때입니다.

우포늪에는 재미있는 물꽃이 핍니다.

갓 세상 구경을 나온 송사리들이 그리는 물꽃을 보셨습니까! 작은 것들이 피우는 꽃들의 더 아름다운 정경을 볼 수 있습니다.

우포늪에서는 물매암이가 만드는 둥근 물꽃.

소금쟁이가 피우는 물꽃.

물방개가 피우는 물꽃을 보고 있으면 세상은 저마다 숨긴 끼가 있음을 알 수 있습니다. 우포늪에 피었다 지는 그 많은 물꽃처럼 세상의 많은 사람들이 저렇게 피었다가 지고 피었다가 지고 있음을 볼 수 있습니다.

무소처럼 앞만 보고 달리는 가엾은 사람들도 사는 것이 영원하지 아니하고 그저 한순간입니다. 길어야 한때입니다. 바람이 사막을 건널 때 남긴 모래꽃도 아름답습니다. 작은 것들이 피우는 물꽃도 더없이 아름답습니다.

바람이 세상의 물을 건널 때 피우고 가는 바람꽃도 아름답습니다. 눈뜨고 보면 세상은 온통 꽃입니다. 비 오는 날 우산 없이 큰 길로 나서 보십시오. 발등에 떨어지는 빗방울이 꽃으로 피는 것을….

땀으로 그린 소금 꽃을 누가 아름답지 않다고 거부를 하겠습니까!!

그분들은 우리의 고향이요, 그리움이요, 또 하나의 섬입니다.

1. 추려내고 남은 물건
2. 찌꺼기 물건

바람과 억새숲

바람이 부는 날에는 억새 숲을 거닐어 보십시오.

햇살이 좋은 날에는 그렇게도 의기 높게 설치던 억새들이 비바람에는 마냥 쓰러지며, 쓰러지며 아우성입니다. 풀이면 다 풀이 아니듯이 땅속 줄기와 땅위 줄기로 세상을 향해 키를 한껏 올리고 살면서도 제 푼수를 아는 대나무는 되어야 하지 않겠습니까? 고만고만한 삶의 거리를 두고 서로 다투지 않고 작은 것들을 얕잡아보지 않는 대나무의 품성을 더러는 익혀야 하지 않겠습니까? 스스로의 몸을 결코 불리지 않으며 나이테까지 지니지 않는 대나무의 기개를 지녀야 하지 않겠습니까?

대처[1]의 군상들이 실바람에도 그냥 흔들리는 비참한 모습이 우포늪 물에 얼룩무늬로 뜹니다. 민주주의라는 구실 아래 책임은 돌려놓고 '우우' 떼를 지어다니며 그냥 모여드는 무리들… 골갱이[2] 하나 지니지 못해 대책 없이 쓰러지는 저 모습들

제 아무리 흔들려도 풀잎보다 못해서야 어디 사람이라 할 수

있겠습니까? 실속 없이 그냥 허둥거리는 이 땅의 민중 같은 억새들….

밟아도 밟아도 밟히지 않는 내 그림자를 보면 쓸쓸합니다.

해질 무렵 둑을 따라 미루나무 아래를 걸어가면 흐느끼듯 흐느끼듯 이어지는 노래가 있습니다. 검은 연가 '아이 캔트 스톱 러빙 유'. 저는 사랑을 잃고 실성해질 때면 목청껏 불렀습니다. 사랑을 잃은 수고래처럼 바다를 떠돌며 서럽게 울었습니다. 아무리 서럽게 울어도 아물지 않는 사랑의 상처. 사람들은 세월이 가면 사랑도 그리움도 망각이라는 안개로 사라진다고 하지만 첫사랑만은 솔이끼처럼 돌아날 것입니다. 버림받은 사랑은 늘 쓸쓸한 대금 소리를 냅니다.

시골 구석구석에 자리잡았던 많은 초등학교들이 아이들이 없어 허물어지고 있습니다. 허물어지는 시골 초등학교를 보며 그때마다 개망초로 서서 그가 부른 노래를 흉내내었습니다. '오 데니 보이'

그의 노래를 듣고 있으면 아버지 얼굴이 비칩니다.

그가 일흔네 개의 나이테를 그리며 노래를 부르다 메아리가 되어 갔습니다.

그 어려웠던 시절 그의 애끓는 노래는 구원이었습니다.

미루나무 아래서 부르는 '오 데니 보이'가 그냥 애절합니다.
우리의 흔들리는 마음을 다잡아주던 그는 갔습니다.
그 이름 레이 찰스
8월의 우포늪에서는 그의 노래가 어울립니다.

바람 부는 날
이렇게 억새숲에 서면 '오 데니 보이'를 기막히게 잘 부르는
시인 김종해가 생각납니다.

1. 큰 도시
2. 물질 속의 단단한 부분

풀잎은 남 먼저

이 땅의 가을은 은유가 아니라 직유입니다.

우포늪 9월에는 그렇게 날쌘 걸음걸이들이 조금은 느려집니다.

제살을 뚫고 피우는 가시연꽃을 보면 산다는 것이 얼마나 숭고한지를 알게 됩니다.

세상 어디에서나 생각하며 걷는 걸음걸이는 고만고만 느려집니다.

가을은 누구나 걸어온 길을 돌아보는 때입니다.

그토록 씩씩하게 걸어 나가던 바랭이풀은 풀대로 갯버들은 갯버들대로 서서히 먹는 것을 줄이기 시작합니다. 내일을 위해 씨방에 그 작은 씨앗들을 단단히 여물게 하기 위하여 단물을 더 넣습니다.

키가 낮은 것은 낮은 것만큼, 키 큰 것은 키 큰 만큼 오늘이라는 햇살과 바람과 비의 색깔을 담아둡니다. 부끄럽지 않은 스스로의 삶을 이끌어 가려고 자주자주 하늘을 봅니다. 한 치도 사실과 다르게 행동하지 않으려는 나무와 풀의 몸짓을 보며 창녕 조씨 원섭 씨는 스스로를 죄인이라고 부끄러워합니다.

하루 늦게 우편으로 배달되는 신문을 원섭 씨는 경운기에 싣고 다니다 틈이 나면 읽습니다. 미루나무에 등을 기대고 신문을 읽는 모습은 한 폭의 그림입니다. 그동안 읽지 않은 헌 신문을 뒤적이다가 울컥해져서 땅을 칩니다. 원섭 씨의 서러운 울음 소리는 풀잎을 먼저 흔듭니다.

〈중국, 고구려사 왜곡이 日보다 심각〉

"어릴 적부터 제 것 하나 제대로 챙겨 놓는 버릇을 가르치지 않는 나라가 이 세상에 어디 있냐고."

논둑을 지키고선 미루나무를 향해 소리칩니다.

"아직 비문에 새긴 글 하나 올바르게 판독도 못하고 해석도 제대로 못하고 있는 광개토대왕비, 왜곡된 지 20년이 더 된 일본교과서 하나 바로잡지 못하는 것 보면 알 것 아이가… 우째서 고구려역사가 중국 것이라 유네스코에 세계문화유산으로 등록을 해? 합천소가 웃는다, 합천소가 웃어. 호적부를 떼다가 제 것이라고 하지, 또 우리 그 양반은 '내 마누란데 내 마누라라고 말할 필요 있는가' 하고 뒷짐을 질 텐가. 흐리멍덩해서는 세상을 헤엄치지 못하지. 중국은 정부가 나서서 남의 역사를 제 것으로 덮느라 바쁜데… 왜곡은 왜곡을 낳는 것을 와 모르는고? 우린 뭐하노 뭐 해? 이제는 민족주의 충돌을 두려워해서는 안 되지. 세상 일은 잠심하기에 달렸지…."

퍼 마신 술이 깰 무렵을 남들은 숙취라고 어영부영하지만 우리의 원섭 씨는 그 취기를 주검보다 더 무서운 지독한 쓸쓸함이라 했습니다. 그 지독한 쓸쓸함의 生이 싫어 밀쳐둔 소주병을 다시 챙겨든 원섭 씨의 핏발 서린 눈에 그렁그렁 눈물이 고입니다.

인생의 눈물이라는 소주를 마시고 중심을 잃는 원섭 씨의 뒷모습이 너무 허전해 보입니다.

술은 사람을 쓸쓸하게 합니다.

해질 무렵 우포늪 긴 방축을 따라 가는 원섭 씨의 걸음걸이는 휘청거립니다. 비틀거리는 우리의 원섭 씨, 그림자 위로 화왕산 억새숲이 내려와 물무늬로 번집니다. 늪가 갈대숲에는 아기 수달 한 마리가 갈대숲을 누비고 다닙니다.

피라미 한 마리 놀라 달아납니다.

매화

　지난 8월은 누구나 '덥다! 아, 덥다'로 시작해 '덥다'로 끝을
낸 한 달이었습니다. 살아 있는 것들은 여름엔 결코 진지해질 수
없는 상황에 놓이듯이 우리는 끊임없이 부글거리며 한뉘를 살아
가야 합니다.

　세상이 온통 찜통 속이었던 지난 8월에 밀양 박씨 상선 씨가
외팔이 늙은 아버지 손잡고 일본을 건너갔었답니다.

　그의 아버지는 일제 때 징용에 뽑혀 갔었습니다. 유바리 탄광
에 끌려가 오른팔을 내주었고, 외아들인 상선 씨는 65년 9월에
베트남 전쟁에 나가 왼쪽 발목을 내주고 왔습니다. 상선 씨의 외
아들은 이라크 전쟁, 뒷설거지라도 해야 한다며 서희재마부대에
지원해 기름 나는 사막에 선인장으로 서 있습니다.

　지난 8월이 베트남 안캐전투 때보다 더 더웠다며 상선 씨는 거
칠게 머리를 흔듭니다. 생의 매듭을 풀기 위해 상선 씨는 하나 남
은 아버지의 손을 잡고 나섰답니다.

기상대 수은주 붉은 눈금이 심심하다 싶으면 이 땅에서 제일 앞장서는 밀양 고을에 잠시 들렀다가 부산 국제여객선 터미널에서 오사카로 가는 쾌속선을 탔답니다. 배가 부산항을 벗어나자 창밖을 내다보시던 늙은 아버지가

"그 때도 흰 비둘기가 보이더니… 너그는 아직 안 죽고 살아 있었구나. 우째 이 몸만 이래 썩버력이 되었구나… 입 하나 덜고 돈 벌어다 논밭뙈기 장만해 살아 볼끼라고 끌려간 징병. 애긋게 왼팔을 내주고 팔 찾으러 간다만 늙은 이제 팔 찾아 뭐하것노? 다 덧없다, 덧없어…."

회한에 잠겨 속울음 우는 아버지가 가엾어 소리 죽여 울며울며 바다를 건넜다는 상선 씨! 상선 씨는 아버지가 비둘기와 갈매기를 왜 변별 못하시는지 안타깝다고 했습니다. 상선 씨는 배에서 내려 아버지가 먹고 싶어 하던 주먹밥으로 허기를 물리고서 아버지가 강제로 청춘을 탈취당한 유바리 탄광을 찾아 갔었답니다. 삼나무 울창한 산은 관광지가 되었고, 아버지의 왼팔을 잘라 간 탄광은 관광이라는 이름으로 포장되어 있더랍니다.

"내 팔 도고, 내 팔 도고."

감회에 젖은 아버지가 삼나무숲을 향해 소리쳤답니다. 삼나무숲은 팔은 내주지 않고 말매미만 내주더랍니다. 말매미는 호드락

호드락 날아가고 그 누구도 대답을 해주지 않더랍니다. 어기적어기적 곰처럼 삼나무숲으로 들어간 늙은 아버지는 바지춤을 내리고 똥을 누더랍니다. 한 시간도 더 쭈그리고 앉아 똥을 누더랍니다. 휴지를 드려도 굳이 떡갈나무 잎으로 뒷정리를 하시고는

"제대로 똥 한 번 못 누고 일을 해줬다. 이놈들아 내 팔 돌려도고."

똥을 눈 아버지는 서럽게 우시더랍니다.

"우째 이놈의 세상은 우째 악한 놈이 더 잘 사노?"

일주일간 일본을 돌아보시며 넋두리를 하시더랍니다. 오사카 간 사이 비행장에서 우리의 상선 씨는 늙은 아버지께 씻지 못할 죄를 지었다고 자주자주 눈물짓습니다. 길눈이 어두운 상선 씨가 짧은 일어로 물어물어 간 사이 비행장에 오니 비행기가 이륙할 시간이 얼마 안 남았더랍니다. 다급한 마음에 하나 남은 늙은 아버지의 손을 잡고 뛰었는데 늙은 아버지가 쓰러지는 통에 긴 터널 안에서 잠시 실랑이가 있었답니다. 우리의 상선 씨가 뛴다는 것은 보폭이 큰 사람이 걷는 것이나 진배없습니다. 뛴다고 해서 남들처럼 뛸 것이라고 착각을 말았으면 합니다. 가벼운 오해를 했었다고 웃지는 마십시오. 늙은 아버지를 얼쳐 업고 겨우겨우 비행기를 탈 수 있었더랍니다. 비행기가 일본 땅을 뒤로하고 바

다 위에 떠 있을 무렵

"야야, 미안하다, 내 몸 하나 가누지 못하고 또 일본 땅에서 쓰러졌었구나."

스튜어디스가 내미는 기내식도 잡숫지 않으시고 고개 숙이는 늙은 아버지를 보는 순간 나에게 피를 나누어주신 분을 잘 모시지 않는 스스로가 씻지 못할 불효를 저질렀다고 탄식을 하고 있습니다.

아직도 해결하지 못한 원폭 피해자의 아픔과 노동의 대가를 돌려받지 못한 강제징병자들의 슬픔과 일본군 위안부로 끌려가 일생을 어둠과 원한의 세월을 보낸 그분들에게 진정한 보상과 진실한 사과를 받지 못한 채 어정쩡 세월을 보내는 위정자爲政者들을 상선 씨는 아주 아주 미워한답니다.

'너그들도 왜곡이다, 왜곡.'

풀들에게

    사람들은 가을이 산자락에서 제일 먼저 온다고 철썩같이 믿습니다.

    눈씨로 살펴보면 사실은 흙투성이의 깨끗잖은 산골 아낙들의 손마디에서 먼저 가을이 오는 것을 발견할 수 있습니다.

    소슬히 억새가 내는 바람 소리보다 산모퉁이를 돌아서는 소나무 바람소리보다 한 걸음 앞서 가을이 오는 곳은 수풀을 뒤진 산골아주머니의 깟깟한 손등입니다. 이어도, 이어도 터지는 손금 사이로 가을이 일어섭니다. 이끼처럼 가실, 가실 이는 손톱의 까끄라기를 보면 제일 먼저 가을이 와 있음을 알려 줍니다.

    가을이 오면 우포늪가 콩밭을 우뚝우뚝 지키고선 수수들이 화왕산을 향해 자주자주 무거워진 머리를 흔듭니다. 성질 마른 철새들이 하나 둘 오동잎 지듯 우포늪에 착륙을 합니다.

    9월의 우포늪에는 바람은 바람대로 햇살은 햇살대로 비밀스러워집니다. 햇살은 결실을 서두는 온갖 나무와 풀들에게 생명의 씨를 은밀히 접어줍니다.

　바람은 여름내 젖은 날개를 은밀히 뒤집어줍니다. 창포숲에는 우렁이들이 모여 소꿉놀이를 합니다. 산 너머, 산 너머 밀양 얼음골 사과들이 도란도란 무더웠던 여름이야기를 하고 있습니다.

　기생 여귀에 고추잠자리 한 마리 앉아 스치듯, 스치듯 지나가는 개울물 소리에 새우잠을 잡니다. 우포늪 가을은 오일장 나들이 가는 아주머니의 손금에서 일어섭니다.

　우포늪 9월은
가시연이 황구렁이 같은 꽃을 내기 시작합니다.

가을산

가을엔 속 깊은 산들은 먼저 야윕니다.

야윈 몸으로 가을 나들이를 나온

대구 쪽의 비슬산도, 영산면 영축산도, 억새숲에 관룡사를 숨기고 사는 화왕산도 까칠해진 얼굴로 우포늪에서 반욕半浴을 하고 있습니다.

잘 핀 목화木花 같은 흰 구름이 산 어깨 위로 드문드문 앉아 있습니다.

게검스런 짐승들은 보송보송해진 얼굴로 괜히 서성거립니다.

그 야윈 산자락에는 구절초 무더기가 '우와! 우와!' 불꽃놀이를 합니다.

쑥부쟁이가 덩달아 어깨춤 추는 콩밭머리의 햇살은 삼복더위만큼 뜨겁습니다.

콩밭머리 들뽕나무 아래서 일흔한 살 유어댁과 동갑나기 진주댁이 서리를 인 머리를 맞대고 모닥불을 피웠습니다. 모닥불에는 콩꼬투리가 고소한 냄새를 먼저 내고 구워지고 있습니다. 물론 타박고구마도 캐다가 잿불에 묻어 굽고 있습니다.

서리를 인 유어댁과 진주댁은 흙투성이 치마폭에 어둠살이 어둑어둑 젖어드는 것도 모르고 노릇노릇 잘 익은 콩알을 찾아 먹습니다. 입 천장을 데게 하는 군고구마도 '냠냠 찹찹 냠냠 찹찹' 살맛나게 먹었습니다.

진주댁과 유어댁은 그렇잖아도 주름살에 저승꽃이 피어 얼굴이 까맣습니다. 까만 얼굴에 검댕이 칠갑으로 몰골스럽습니다. 그래도 두 분은 꼬부랑 논두렁길을 앞서거니뒤서거니 걸어갑니다.

'꼴꼴'

물 내려가는 소리가 아릿아릿 들려옵니다. 두 분은 이끌리듯 물소리 내는 우리구멍으로 가 검댕이를 씻습니다.

"나는 논고랑에 물들어가는 이 소리가 와이래 좋을고….."

진주댁이 누렇게 익은 벼논을 휘 둘러보며 사무치듯 운을 띱니다.

"농사짓는 여자가 제일장 행복할 때는 자식 젖 물리고 목에 꼴깍꼴깍 젖 넘어가는 소리를 들을 때와 벼논에 물 들어가는 소리를 들을 때라 안 카요."

　유어댁이 서리인 머리를 거친 손으로 빗을 만들어 빗질을 하며 맞장구를 쳤습니다.

　옆구리가 터질 듯 누렇게 익은 벼논에서 실팍한 벼메뚜기가 ‘후둑후둑’ 납니다.

　“다아 어디로 갔을까?”

　“농약 땜에 빗발을 못한다. 아인기요.”

　“메뚜기 말고.”

　유어댁은 말귀를 못 알아먹는 진주댁이 안타까워 아이처럼 손사래를 합니다.

　“그라 몬 뭐가 다아 어디로 갔다고 탄식을 하는데?”

　진주댁이 잘 여문 벼알을 훑어 앞니로 까며 묻습니다.

　“내가 알았던 그 많은 사람들이 다아 어디로 갔나, 이 말입니다.”

　매우 쓸쓸하고 슬픈 목소리로 혼자말을 하듯 합니다.

　“다아 왔던 곳으로 돌아들 갔지요.”

　둘이는 조붓하고 어둔 들길을 따라 불빛 훤한 마을을 향해 갑니다.

　불빛 훤한 돌담에는 감이 익어갑니다. 붉게 감이 익어가는 마을에는 감이 익어가는 자리만큼 사람들이 소멸해 가고 있습니다.

아직은 원시성이 남은 우포늪에는 노랑으로 곱게 물든 갯버들 잎이 하늘하늘 꽃보다 더 아름답게 지고 있습니다.

지는 것은 늘 슬픕니다.

지는 것은 살아 있는 것의 마지막 모습이니까요.

첫서리에는

'가지 마라! 가지 마라, 제발 가지 마라.'

기세 좋은 새라는 풀을 깔고 누워 우리의 성판돌 씨가 혼자말을 합니다.

이민을 가겠다고 산을 팔고, 논을 파는 하재홍 씨 발걸음을 묶어둘 수도 없고, 그렇다고 등을 떠밀지도 못해 속앓이를 하고 있습니다. 둘이는 삼십 년을 한결같이 양파를 심어 먹고 살았습니다. 좌절과 절망뿐인 이 나라에서는 더 맞버티어 낼 에너지가 없다며 팔뚝에 힘줄 한 올이라도 남아 있을 때 나가겠다는 하재홍 씨를 잡지 못해 성판돌 씨는 안절부절못합니다.

몇 날 며칠 술에 젖어 우포늪 둑에 나와 짐승처럼 소리 내어 울고 있습니다.

누가 저 눈물을 닦아 줄까요?

새 가을은 늘 기습으로 숨어들어 곳곳에 저마다 기를 올려 우리를 당황하게 했습니다.

이 땅을 기습한 새 가을은 어김없이 태풍을 데리고 다녔습니다. 한 장의 달력으로 넘어간 지난 새 가을 역시 그냥 있지는 않았습니다. 태풍을 데리고 와 무참히 과수원과 배추밭을 농락했습니다.

그 상처는 참혹했습니다.

아픈 상처 위로 어제는 첫서리가 내렸습니다.

첫서리는 우리에게 잠시 걸음을 멈추고 산을 한번 보라는 신호탄입니다.

'늦은 밥 먹고 파장 가듯' 구물구물 살아가는 늘보는 어느 마을에나 한둘은 있습니다.

사람처럼 풀과 나무들의 세상에도 느즈러진 걸음들이 있습니다.

첫서리에 시들고 마는 걸음들.

길편한 우포늪에는 세잎종덩굴꽃, 쓴풀꽃, 애기중의 무릇꽃이, 고개를 떨어뜨리고 있습니다. 산자락에는 갈참나무, 아카시, 물푸레나무, 쥐똥나무, 은사시나무의 잔가지들이 풀도 죽어 있습니다.

유별스럽게 팔팔한 것이 있습니다.

조각보를 여기저기 던져 놓은 듯한 고추밭에 가보면 '어쩌면!'

하고 입을 다물지 못하게 하는 하얀 고추꽃을 만날 것입니다. 별 똥별이 지듯 하얀 고추꽃이 서럽게 핀 것을 보십시오. 그 고추꽃 같은 우포늪 아이들이 카드 빚에 휘둘립니다.

아이들을 돌보던 어른들이 카드 빚에 시달리다 속쌀뜨물 같은 농약을 마시고 이승의 강을 건넌 사람, 대처로 야간도주를 한 사람, 파산신청을 해놓고 독주로 날을 보내는 사람, 전쟁터보다 더 무섭습니다.

올해도 속절없이 유어 마을에는 흙담을 기대고 선 꽈리 무더기에 하나 둘 붉은 등이 켜지고 있습니다.

그 불빛 아래는 꼽등이 한 마리가 외롭게 앉아 울고 있습니다.

사는 것은 사막의 한복판에서 바람이 그리는 모래 그림입니다.

가창오리 떼

가을비가 옵니다.

스산하게 가을비가 옵니다.

허연 머리칼을 풀어헤친 갈대들이 서럽게 드러눕습니다. 노랑 물줄기로 한 걸음 물러나 서 있는 버드나무들이 시름에 젖어 있습니다.

그토록 서슬 푸른 '친일규명법' '과거청산법'은 말의 토네이더가 되어 이 땅을 떠돌며 불신이라는 도깨비바늘이 되어 순한 사람의 손등을 무참히 찌릅니다.

가을비 속에서도 노랑나비로 날아가는 버드나무 잎들을 성산 댁 외손녀 민이가 우산 속에서 챙겨 보고 있습니다.

초롱초롱한 눈에는 눈물이 크렁크렁 고였습니다.

어느 노래방 도우미로 나 앉아 낯선 사내와 노래에 젖어 있을 어머니와 시린 가을비에도 일그러진 우산 하나 없이 거리를 떠돌고 있을 아버지를 생각합니다.

가을비에 젖는 고구마잎을 따던 성산댁은 세상의 물체들이 서로 어긋나 있음을 이제야 알았습니다. 세상의 일들이 가지런한 질서로 돌아가는 줄 알았던 성산댁이 결코 그렇지 않음을 알고 분노하고 있습니다.

고구마 줄기를 따던 성산댁이 처량히 내리는 가을비 속에서 머리를 흔듭니다.

"세상은 어긋나 있구나."

거친 갯바람 부는 목포에서 작은 식당 〈우포늪 가는 길〉을 경영하던 외동딸이 간판을 내주고, 사내까지 놓치고는 노래방 도우미로 어긋나 있는 풍경을 떠올리고 진저리를 칩니다.

물오른 서른네 살에 남편과 사별한 성산댁, 내뻗어도 내뻗어도 우포늪을 벗어나지 못하는 고구마 줄기처럼 칠십 평생 생의 오쟁이를 벗어 던지지 못하고 허둥대는 스스로를 봅니다.

'억새도 스러지고, 수숫대도 스러지고, 강냉이도 스러지고, 이제 내가 스러질 것인데 저 어린 것은 누가 거두노?'

활기차게, 활기차게 걸어가던 바랭이풀이 멈추고 선 것을 보며 성산댁은 한숨을 내십니다.

우포늪으로 날아드는 가창오리 떼를 봅니다.

"그래, 너그들이라도 어긋나지 말거라."

성산댁이 외손녀 민이를 데리고 가을비 젖는 고구마 밭 한가운
데 서 있습니다.

147

질경이, 질경이

질경이 같은 여인이 있습니다.

덩치 큰 짐승들이 밟아도, 밟아도 털고 일어서는 미친년이 있습니다.

우포늪에 나와서야 기가 사는 한이 많은 질경이 같은 여인.

세상이 어긋나 보인다는 성姓 씨가 창녕 曺씨. 이름이 大商 씨를 남편으로 섬기고, 기죽어 사는 질경이 같은 여인. 택호가 창녕댁인 성姓 씨가 성주 李씨. 이씨 집안 딸로 겨우 열한 번째 태어난 딸막 씨. 부모의 유산으로 물려받은 딸막이라는 이름은 성씨 집 뒤뜰 가죽나무 밑에 파묻고 사는 질경이 같은 여인.

그 어머니에 그 딸이라, 대상 씨 집에 시집이라고 와 딸 열하나를 낳았다고 구박받고 산 슬픈 질경이 같은 여인… 치성이면 감천이라. 그토록 소망했던 아들을 열두 번째 얻어 놓고, 떡하고 돼지 잡고 소 잡아 마을 잔치 세 번이나 치른 전설 같은 여인! 그 금쪽 같은 아들을 초등학교 입학시켜 놓고, 석 달을 채 못 다니어 그 알토란 그 아들을 학교 앞 건널목에서 내달리는 승용차에 실려 보내고 2년을 더 실성하여 세월을 보낸 질경이 같은 여인. 지붕 낮은 교회에 나가 하느님께 기도하며 살았다는 질경이 같은 그 여인.

넓은 우포늪이 모두가 돈으로 보인다는 질경이꽃 같은 여인! 두 손을 내밀어 건져 올리면 돈이 된다는 부엉이 같은 여인. 우렁이 잡아 일만 이천 평 단감나무 밭. 천오백 평 밭에는 매실나무를 심어놓고 양파밭 두렁에는 사과나무를 심어놓고 사는 질경이 같은 여인.

뒤뜰 가죽나무처럼 살다 가고 싶다는 슬픈 질경이 꽃대 같은 여인.

그 여인이 이제 세상이 덧없다고 합니다. 그렇게 잘 보이던 우렁이가 보이질 않는답니다. 바람이 거칠게 부는 날이면 실성한 사람처럼 우포늪으로 치마폭을 너풀거리고 다니는 가마귀 같은 여인,

미친년!

넓은 우포늪을 휘이휘이 한 바퀴 돌던 젊은 날은 봄날 가듯 덧없이 사라지고….

이제 무릎관절이 아파 우포늪을 돌지 못하고 갯버들로 서 있습

니다. 그 서러운 미친년 눈길에는 거칠게 부는 바람에 시든 갈대들이 쓰러지고, 쓰러지고….

갈대들의 어깨 너머로 드높게 일어서는 우포늪 물결이 허옇게 부서지는 것을 보며 시니컬하게 웃는 미친년.

"그래, 나도 너그들처럼 잘했었다. 젊었을 때 돈 모아 두거라. 돈 없으면 남편도, 자식도 남이느니라."

딸 열하나가 아직도 손 내미는 게 미워 진저리치는 여인! 그 여인은 가을바람 스산한 우포늪에서 갈대처럼 흔들리며 우렁이 잡아먹고 산 반세기의 뒤안길을 되짚고 있습니다.

광활한 늪을 우렁이처럼 기어다니며 살아온 질경이 여인이 십일월에 시들어가는 질경이처럼 시름시름 앓고 있습니다.

미친년 눈 속에는 억새꽃이 넘실거리는 화왕산이 있습니다.

그 미친년의 허약한 어깨 위로 가창오리 떼가 귀가를 하고 있습니다. 일흔한 살의 늙은 여인. 우포늪 물밑에 엎드려 사는 우렁이를, 우렁이처럼 기어다니며 잡아먹고 살면서도 기개 하나는 품안의 하늘에서 펄펄 앞세우고 살아온 미친년!

그 슬픈 미친년의 가슴으로 먼저 날아온 기러기 떼가 재잘거리고 있습니다.

우포늪에서는 사람이 얼마나, 정말로 얼마나 연약한 풀인지.

아니 풀보다 못한 목숨인지, 그것도 모르고 큰소리만 치고 사는 대처의 남정네들이 우습다는 미친년! 손수건 한 장보다 못한 땅 위에서 무슨 큰 소린고? 아등바등 '너 잘났다, 나 잘났다.' 거룩한 척 제멋대로 허풍치고 살아가는 대처 사람들이 눈꼴시다는 미친년! 바람 부는 날 우포늪 물결을 보면 불현듯 자연의 그 거대한 힘이 무섭고 살아온 세월이 슬퍼진답니다.

이제 보따리를 싸야 할 때가 되었답니다. 오늘까지 살아오며 서른 번도 더 보따리를 싸가지고 갔다가 딸아이들이 눈에 맺혀 다시 풀고 대상 씨와 살아온 스스로가 대견스럽다는 미친년!

버릴 것은 다 버리고 붉은 보자기나 챙겨야 할 때가 되었다며 저렇게 울고 선 미친년!

11월의 우포늪은
찬바람에 철새들만 떠돌고 있습니다.
슬픈 미친년의 어깨 위로.

저녁 긴 그림자

'아니!!'

'저게 뭐야?'

초겨울 시린 저녁그림자가 깔린 우포늪에 긴 배 한 척이 나타나지 않았는가?

'바이킹이다. 바이킹' 배 길이가 유별나게 긴 바이킹의 배가 원시의 우포늪에 출현하다니!!

놀라운 일이지요.

옛날, 옛날 먼 옛날 바다 위로 처음 배가 걸어다니기 시작하면서 도둑은 생겼지요.

그 사람들은 이름하여 해적!

해적들은 지나가는 배에 올라 재물을 빼앗든지, 배를 겁탈하든지, 바닷가의 마을을 털었던 나쁜 사람들.

서기 700년쯤에 북유럽을 휩쓸고 다니던 그 바이킹, 긴 도끼, 긴 총, 긴 칼을 순한 사람들의 가슴에 들이대고 값진 보물을 약탈

하거나 목숨을 탈략해 간, 그 악명 높은 바이킹이 우포늪에 나타나다니!

두렵습니다.

꿈이라면 어서 깨어나고 싶습니다.

어제나 오늘이나 나라 살림이 궁핍하면 순한 사람의 마음도 흉흉해집니다. 흉흉해진 사람들은 어린자식의 배고픔을 물리려고 남의 것을 넘봅니다. 그리하여 바늘도둑 소도둑이 들끓는다지만 어찌하여 이 땅은 글줄이나 익힌 사람이 아는 만큼 더 노략질을 하고… 가진 자는 더 가지려고 분탕질을 해대고… 배운 자는 배운 만큼 베풀어야 하고 가진 자는 가진 만큼 나누어야 하는데 어찌하여 도척들은 더 나부데는지.

세상은 암울한 무진입니다.

봄부터 시작하여 그토록 뜨거운 땡볕에서 팥죽 땀을 흘리며 애써, 애써 거둬들인 벼를 가을 햇살에 말리려 쌓아놓은 벼 포대를 날름날름 실어가는 나쁜표 그 사람들. 어둠을 틈타 헛간의 마른 고추 포대까지 업어가고, 추수를 앞둔 인삼밭의 튼실한 인삼을 휩쓸어가고, 사과밭에 사과를 훑어가고, 딘김밭에 단감을 훑어가면 어쩌자는 것인지요. 벼룩의 간을 빼먹는 더러운 그 사람들.

아무리 세상이 흉흉해도 훔칠 것이 있고, 훔치지 말아야 할 물

품이 있듯이 어려운 사람 등을 떠밀면 남의 피를 빨고 사는 거머
리나 진배없지요.

　도둑질은 아주 짜릿한 쾌감이나 흥미로 하는 놀이가 아닙니다.
가진 자의 것을 나눠 가지는 것은 아주 진한 재미가 숨어 있지만
도둑질에는 서로의 아픔이 있을 뿐입니다. 디지털시대는 긴 칼,
긴 총, 긴 도끼가 아니라 손바닥 안에 드는 손전화 하나면 모든
걸 해먹고 있지요.

　가진 자와 배운 자들은 도둑질도 디지털식으로 해먹습니다.

　우리가 어렵게 내놓은 혈세를 받고 나라 일은 게을리 하면서
뇌물이나 텁석텁석 먹고 있으니 마냥 안타깝습니다. 도둑질도 아
날로그가 아닌 디지털식으로 해먹는 바이킹 같은 그자들이 죽이
고 싶도록 밉습니다.

　우포늪에 초겨울 해가 집니다.

　마른갈대 사이로 바이킹들이 은밀히 숨었습니다. 도둑의 입에
서는 버캐가 끼고, 버캐 같은 말을 흘립니다. 순한 사람들의 입에
서는 물푸레나무 이파리 냄새가 일고 물푸레나무 잎 같은 말을
낸다지요. 대처에는 이 시간에도 디지털식으로 훔친 보물을 향락
의 집에서 흥청망청 디지털식으로 쓰겠지요.

우포늪은

동짓달에는 사람이 사는 마을에는 마른 오동나무 잎들이 산비둘기처럼 떨어지고 있습니다. 찬바람이 창을 흔들고 매정한 사람들은 찬물과 거리를 두기 시작합니다. 그 사람들은 영악하게 더운 물이나 가깝게 하려 들지 개울물이나 늪에 몸을 담그기를 진저리칩니다.

사람들은 우포늪에 걸음하기를 두려워합니다. 늪에 들면 끝장인 줄 알고 마름을 들추어 물밤[1] 따기를 두려워하지요.

창포가 사는 저 물의 숲에 그대 육신을 푹 담가 보십시오. 윤삼월 장을 담그기 위해 소금물에 메주를 띄우듯 그대 육신을 푸욱 담가 보십시오.

늪의 깊이는 지난 여름 그 많은 태풍들이 지나가며 흘린 장마로 깊어졌습니다. 우포늪도 세상이 태풍에 휘둘릴 때 휘둘려 흠이 나 있습니다.

도사리[2]들이 떠내려와 물밑에 갈앉아 푹신하며 안온할 것입니

다. 우포늪 그 깊이는 1미터 안팎의 오차가 있다는 사실을 기억해
주십시오.

우포늪은
지구의 자궁입니다.

우포늪은 인류의 고향입니다.
고향은 어둠의 바다를 지키는 얼굴이 붉은 등대입니다.

우포늪을 딛고 사는 미물들은 깊고 넓음을 두려워하지 않습니
다. 치열하게 삶을 영위할 뿐입니다. 섞음과 섞음을 통해 일억 사
천만 년의 풍경을 그려 왔고, 앞으로도 서둘지 않을 것이며 그렇
게 흘러갈 것입니다.

우포늪은 스스로 진화에서 한 걸음 비켜나 썩은 것들 곁에서도
결코 썩지 않는 뿌리와 잎과 꽃을 내는 노랑어리, 수련, 물옥잠,
가시연 ,마름, 검정나사말을 눈여겨보십시오. 그들의 생애도 결
코 만만치 않습니다.
부들을 보십시오.

지난 여름 뜨거운 열기에도 부들들의 푸르게, 푸르게 깃발을 올려 기운차게 살다가 저토록 선명하게 쓰러질 줄 아는 기개를 누가 얕잡아볼 것입니까? 수천 억의 물벼룩의 삶도 참으로 소중한 것입니다.

둑 너머, 바다 건너 나라 밖은 늘 싸움입니다.

미국의 주먹 큰 몇몇은 성깔대로 세상의 폭력주의자들을 잡는다며 멀쩡한 이라크를 다 부수고도 모자라 밤낮으로 포격을 해대는 그들. 순하고 여리어 더 연민이 가는 이라크 국민들.
어린것들의 목숨을 무참히 밟고 있습니다.
무슨 권한으로 이 순간도 순한 사람들을 유린하고 있을까요? 석유나 빼돌리려 숨은 그림을 그리고, 알고 보면 경제라는 괴물에 최면이 걸려 설치고 있는 그들을 지우고 싶습니다. 그들은 약한 자들이 보듬고 있는 보물들을 빼돌리는 야누스입니다.
아랍 테러조직 알카에다 '아이만 알 자리히'는
"전사들이여! 더 이상 기다리지 말라. 우리가 더 머뭇거린다면 침략자들이 우리를 하나하나 먹어치우고 말 것이다. 한 나라가 당하면 또 다른 나라가 뒤를 이을 것이다."

우리의 옆구리에 총구멍을 들이대겠다니 어이없는 노릇입니다.

미국의 몇몇은
이제
우리 땅 북쪽을 향해
헛주먹질입니다.
'방귀가 잦으면 똥을 싸지….'

세상사 싸워서
이로울 것 없다는 지극한 사실과 남의 눈에 눈물내면 제 눈에
피눈물 난다는 것을 그들은 모를까요.
지리산 칡처럼 치열하게 삶을 꾸려온 어진 백성들의 그 많은
눈길을 돌려놓고 허튼 짓이나 하는 이 땅의 몇몇 위정자들은 무
엇으로 내칠까요. 어찌하야 이리도 끈질긴 노략질입니까!!

자정해야 합니다
자숙해야 합니다.

우포늪 물 위를 무심히 떠도는 한갓 부평초도 흐린 물을 정화

시키는데 그들은 그냥 분탕질이니….

그들에게 이릅니다.

황금 미르로 꿈틀거리던 가시연이 쓰러져 가는가를 챙겨 보시라고 말입니다. 쓰러진 가시연 위로 쓸쓸히 나는 명주잠자리를 보시면 세월의 덧없음을 만날 수 있습니다.

물풀들의 화려했던 지난 여름은 가고 삶의 끝을 아우르는 미물들을 찾아보십시오.

우포늪의 이 쓸쓸함이 더러는 우리를 깊은 성찰에 젖게 합니다. 성찰은 가장 정확한 물의 거울입니다.

물거울은 혼자 들여다봐야 명확한 실체를 볼 수 있으니까요.

1. 마름의 열매로 마름모꼴 양 끝에 가시가 있으나 속이 밤처럼 파슬파슬 맛있음.
2. 실과나 나뭇잎이 채 여물기 전에 떨어진 열매나 잎.

가시연꽃 씨는

섣달.

우포늪 섣달은 철새들이 마른 오동나무 잎으로, 구름 속에서 떨어져 내립니다.

뚝뚝 떨어진 철새들이 우포늪 말간 물 위에 어지럽게 떠다닙니다.

가시연이 살다가, 이사 간 사지포.

그 사지포는 적멸궁입니다.

짐승이나 사람이나 식물이 살다가 떠난다는 것은 사실 사라짐입니다.

우포늪 겨울 한낮은 적멸합니다. 사라진다는 것은 살아남은 자에게는 또 하나의 슬픔입니다.

슬픔은 소리로 전하는 것이 아니라 눈으로 전하는 것입니다. 눈에서 눈으로 전이되는 슬픔. 가시연이 이사 간 사지포는 야성이 강한 슬픔이 흩어져 있습니다. 사람들은 가시연을 수련과에 속하는 연이라고도 합니다. 글줄께나 읽었다는 사람들은 어쩐지 마음에 차지 않으면 '개'자를 앞에 놓는 고약한 심보가 있듯이 가시연을 또 개연이라고도 부릅니다.

가시연의 그 큰 잎자루는 물의 깊이와 넓이에 따라 얼마간 다릅니다. 환경에 적응하고 살려는 지혜이겠지요. 가시연이 처음 자리를 잡을 때 꽃씨는 물 깊이가 1-5미터쯤에서 개흙에 뿌리를 내리고, 제1엽이 뾰족하니 나와 물 속잎이 됩니다. 제2엽이 가늘고 길게 나오는데 끝은 삼지창 모양입니다. 제3엽은 잎몸이 삼각형으로 나와 물 속잎이 됩니다. 잎의 크기는 지름이 50센티미터에서 2미터가 웃도는 크기의 둥근 잎을 가졌습니다. 온몸에 가시를 냅니다.

가시연의 전성기 사지포, 8월은 하느님이 연둣빛 우산으로 퍼포먼스를 하듯 크고 작은 우산 수천 개가 늪 위에 떠 있습니다.

장엄한 풍경입니다. 우산과 우산 사이에는 마름, 개구리밥, 붕어마름, 생이가래 들이 배경으로 뜹니다. 7월에서 9월에 황구렁이 머리를 닮은 꽃을 피운다고 하지만 우포늪 기시연은 9월에서 10월이 되어야 가시연꽃의 신비경을 만날 수 있습니다. 꽃에서 열매가 나와 11월에 크기 시작하여 12월에는 가시연꽃 씨가 튼실

하게 여뭅니다. 꽃씨의 크기는 보통 길이가 5-10센티미터 정도
됩니다. 가시연꽃 한 포기에서 씨가 여나무 개 열립니다. 꽃씨는
성숙하여 물 속에서 썩어 분해되고 그 속에서 우무질 같은 상태
의 껍데기에 싸인 종자가 1, 2일 물에 떠다닙니다. 그 껍데기가
서서히 썩어 가면서 살 만한 곳을 스스로 찾습니다. 12월이 가고
다음 해 봄이면 싹이 나오냐고요? 아닙니다. 세상의 모든 생물이
살아가는 방법이 다 다르듯이 가시연꽃 씨 역시 제각각입니다.
주위 환경이 좋으면 일 년 만에 싹을 내지만 시원찮으면 십 년이
고, 오십 년이고 싹을 내지 않는 삶의 줏대가 확실한 씨앗입니다.
사람들은 꽃씨를 거둬 약으로도 하고 잎과 줄기는 가시를 훑어내
고는 김치도 담아 먹고, 국도 끓여 먹습니다. 원시성의 신비를 지
닌 가시연꽃을 보시려면 9월 말쯤 아침 일찍 걸음 하십시오. 신
비의 꽃은 점심나절까지 얼굴을 내었다가 오후면 오므립니다. 한
이틀 화려하고 특색 있는 꽃을 내었다가 물 속으로 들어가는 신
비의 꽃입니다.
　우포늪 선달은 성찰의 순간입니다.
　사지포 가시연꽃이 떠난 텅 빈 자리를 보며….

　떼살이를 즐기는 청둥오리들은 아침 끼니를 때우기 위해 둑 너

머 보리밭으로 갑니다.

보리밭에는 이미 일흔 살이 웃도는 할아버지 할머니들이 파수꾼으로 서 있습니다. 그 파수꾼의 손에는 총 대신 일그러진 주전자나 빈 분유통이 들려 있습니다. 막대기로 미친 듯 두드립니다.

'꽝! 꽝….'

"가거라. 저리 가거라. 너그들도 묵(먹)을 것을 묵어야지. 너그가 다 묵고 가면, 우린 뭘 묵고 살란 말이고. 후히, 후히…."

추위에 떨며 악다구니를 합니다. 들녘은 전쟁터입니다. 쫓고 쫓기는….

청둥오리들은 할아버지 할머니 눈을 피해 우르르, 우르르 머리 위로 몰려다닙니다. 청둥오리들과 일흔 살이 웃도는 할머니와 할아버지가 들녘에서 벌이는 술래잡기는 한 폭의 한국화로 남습니다. 겨울 물안개 속에서 벌이는 이 쟁투는

희극입니까?

비극입니까?

키 낮은 지붕

겨울 물안개는

상징일까요?

은유일까요? 아니면 비유일까요, 아니면 직유일까요?

우포늪 사람들은 겨울이면 물안개를 휘감고 삽니다.

마구 퍼질러버린 들불 연기처럼 자욱한 물안개, 그 짙은 물안개가 우포늪에서 뭉실뭉실 피어 세상을 덮습니다.

사람의 마을은 물안개에 갇혔습니다. 물안개 속에서 고만고만한 낮은 지붕들이 어깨동무를 하고 있습니다. 좁다란 길 사이로 돌담이 따라가고 담과 담 사이에 큰 부채를 꽂은 듯 감나무가 서 있습니다. 일정한 거리를 유지하고 문명을 끌어오는 전봇대가 서 있습니다. 그 아래로 따라나서지 않으려는 둘소[1] 고삐를 어기차게 끄는 안짱다리 김씨가 진땀을 뺍니다. 새 풀이 날 때까지만이라도 같이 살다 가겠다고 버티는 둘소! 안짱다리 김씨는 어깃장을 놓는 둘소 고삐를 엇서 잡아끌며 물안개 속을 걸어가고 있습니다.

"미안타. 우짜 것노, 네 목숨도 귀하지만 나도 이 겨울에 쫓겨날순 엄다 아이가. 네가 양보해야, 우리 집 논밭 경매, 들어오는 것을 막는다. 경매 들어오면 내 인생만 끝이 아이다. 다섯 식구 앞길을 막는다."

울먹이며 둘소에게 우리의 안짱다리 김씨가 사정을 합니다.

오늘이 창녕 3일 장날.

장터 파당[2]으로 가는 안짱다리 김씨

우포늪 물에 흥건히 발목까지 적신 죽은 부들이 물안개를 휘감고 늪을 나옵니다. 패잔병들처럼 낮은 목소리로 두런거리며 우포늪을 나오고 있습니다.

안짱다리 우리의 김씨는 넉장거리를 하는 둘소를 이끌고 끼억끼억 울며 가고 있습니다.

1. 새끼를 낳지 못하는 암소
2. 소시장

긴꼬리투구새우

　　해질 무렵 늪으로 산책 나온 화왕산 그림자는 늘 쓸쓸합니다. 친구를 잃은 사람처럼 산 그림자는 쓸쓸합니다.

　　지난 여름을 그토록 펄펄 기개세, 높게 살던 갈대들이 세월 앞에 고개를 숙이고 있습니다. 삶이 허물어진 것은 슬퍼 보입니다.

　　어기찬 갈대의 발목 사이로 살아 있는 화석이라는 긴꼬리투구새우가 살고 있습니다. 긴꼬리투구새우는요, 몸의 절반 이상을 덮은 갑각이 투구 모양입니다. 3억 5천만 년 전의 화석에서의 모습이 지금과 비슷해 살아 있는 화석이라고 불릴 정도로 환경적 가치가 높은 희귀한 곤충입니다. 먹는 것이 잡식성이라 주로 박테리아, 조류, 원생동물은 물론 모기유충, 물벼룩, 잡초 싹 등을 먹고, 먹이를 찾기 위해 진흙을 깊이 파고 뒤집어 물을 탁하게 해 잡초가 발아하거나 자라지 못하게 하는 제초제 역할도 잘 합니다.

　　작은 것들이 더 생명력이 강하고 슬기롭습니다.

작은 것들도 때가 되면 머물렀던 자리를 대빗자루로 쓴 듯 말끔하게 해놓고 떠나갑니다. 살아 있는 것의 뒷자리는 깔끔해야 합니다.

올방개, 개구리밥, 마름, 붕어마름이 떼거리로 살다간 자리는 겨울햇살과 겨울바람이 놀고 있습니다.

머묾과 떠남을 생각하면 처연해집니다. 밤이면 철새들이 왁자하게 떠듭니다. 겨우내 늪은 난장판이 됩니다. 겨울 우포늪 밤은 적막하리라고 여겨지지만 결코 적막하지 않습니다. 가창오리는 추위가 깊으면 깊을수록 더 떠듭니다.

기러기들은 죽은 창포와 죽은 부들과 죽은 갈대 사이를 헤집고 다니며 재잘거리기를 좋아합니다.

우포늪 물풀들은 큰 것들에게 머리를 숙이지 않습니다. 비굴하게 손을 내밀어 도와달라 하지 않습니다. 치열하게, 치열하게 살다가 흔적을 두지 않고 떠납니다. 성조기를 앞세우고 세계를 휘어잡으려는 미국은 대선이 끝났습니다.

부시 그는 패권주의자입니다.

패권주의자에게 아첨을 부리는 것은 스스로의 삶을 반역하는 것입니다. 삶이 어렵고 쓸쓸해도 의연하게 걸어갈 줄 알아야 합니다. 시린 바람이 덮쳐도 당당히 서 있는 우포늪 미루나무를 보십시오. '우우' 겨울바람과 맞서는 미루나무로 이 땅을 지키며 살다 간 이순신이 사무치게 그립습니다. 그가 불현듯 나타나 이 난세를 걷어 냈으면 합니다.

진화와 타협하지 않고 스스로를 방어하기 위해 등을 넓게 키우고 오늘까지 살아온 긴꼬리투구새우를 봅니다. 흐린 물을 맑게, 더 맑게 정화를 해주고도 제 모습을 잃지 않는 긴꼬리투구새우를 생각합니다. 수렁을 뒤집고 살아도 결코 천한 쪽에 기울지 않고 살다 가는 긴꼬리투구새우의 생애를 그림으로 그린다면

정물화에 가까울까요?

추상화에 가까울까요?

들바람에

햇살 바른 늪가에는 성질 마른 큰개불알꽃이 꽃을 내놓았습니다. 아기의 웃음처럼 곱게 웃고 있습니다. 찬바람 속에서도….

정월입니다.

산토끼도 얼굴을 씻고 나선다는 정월입니다.

올해도 어김없이 냉이가 실하게 뿌리를 내렸습니다. 양파와 마늘들도 실하게 뿌리를 내렸습니다.

비사벌 들바람에 저렇게 펄럭이는 현수막도 농투성이들에게는 희망입니다. 마을 입구 정자나무를 배경으로 하여 낡은 현수막이 귀한 희망으로 펄럭입니다.

하늘 높이 태극기로 펄럭입니다.

우리의 가족 성지경 맏딸 성지민양

"축하 제48회 행정고시 합격 축하"

〈창녕군 양파 영농회〉

벌써 걷어 내려야 하는 빛 바랜 현수막이 그대로 새해를 맞이했습니다. 너풀거리는 현수막을 어느 누구 한 사람 얼굴 찌푸리고 바라보는 사람은 없습니다. 그저 빙그레 웃고 지나갑니다.

"너는 물들지 말아야 한다. 7월의 벼논에서 피 뽑던 그때를 잊지 말그래이…."

마을 사람들은 간절한 속내를 한마디씩 던지며 바라보고 갑니다.

"그 누부야 그 엉(언니)가 대단해요. 나도 할 거야."

초등학교 중학교 고등학교에 다니는 어린 친구들의 물푸레나무 우듬지 같은 희망! 그들의 소망은 작은 희망이지요, 희망에는 사랑의 씨눈이 숨어 있습니다.

약한 자들의 사랑은 희망이요, 에너지입니다.

시골 아이들이 속내를 보인다는 것은 얼마나 숨은 설렘입니까? 새 책갈피를 처음 펼치는 것도 뒤설레임이요, 달력 첫장을 바라보는 것도 뒤설레임이요, 행정고시 합격도 뒤설레임이지요. 설렘은 늘 새 파문을 만들지요. 우포늪 시린 바람에 물비늘이 입니다. 잔잔한 물무늬 위로 문득 통영 앞바다가 얼비치는 것은 웬일일까요! 누가 뭐래도 통영 앞바다와 우포늪은 닮은 구석이 있습니다. 산과 산 사이에 초록 명주를 펼쳐 놓은 듯 마냥 남실거리는 물의 겉모습이 그렇고, 스치는 바람 소리가 그렇고, 물새들이 찾아드는 것이 그렇고, 눈부시게 이는 물비늘이 그렇고, 마음이 허허한 사람들의 마음을 다잡아주는 물의 품새가 넉넉한 것이 그렇고, 바라보고 있으면 저절로 휘파람이 나오는 것이 닮았다는 느낌의 잣대로 내세웁니다.

해안 바위 틈서리에 의연히 뿌리를 내리고 사는 동백나무가 있듯이, 우포늪에도 동백나무가 드문드문 서 있습니다.

시리고 짭조름한 그 갯바람에도 동백나무는 참 숯불덩이 같은 붉은 꽃등을 내걸 듯, 우포늪 동백나무도 매찬 바람 속에서 꽃등을 내달았습니다. 아는 이는 다 아는 사실이지만 봄에 피는 동백나무 꽃을 춘백이라고 합니다.

우리는 늦봄에 피는 꽃도 동백이라고 하기에는 어쩐지 쑥스럽지요. 코끝 시린 정월의 매운바람 속에 어린아이 코피 터지듯 빨갛게 터지는 꽃을 동백이라고 해야 하지 않겠습니까?

우리가 동백꽃을 애써 챙기고 바라보기를 좋아하는 것은 어떤 어려움에도 무릎을 꿇지 않고, 누구와도 화해하지 않는 그 기개가 올곧다 싶어서입니다. 또 있다면 하고 싶은 말을 참고 견디는 자기극복을 통한 속내를 꽃으로 내보이는 장한 몸짓에 있을 것입니다. 동백나무는 재잘재잘 말을 하지 않습니다.

입 다물고 우포늪 키 낮은 동백나무가 낮에도 붉게 빛나는 붉은 꽃등을 내달았습니다.

길 잃은 새들이 제 할 일을 잘하라고 꽃등을 내달았습니다. 동백나무의 장함은 꾸준한 자기 노력일 것입니다. 뚫어도 잘 뚫리지 않는 바위틈에다 뿌리를 들이미는 삶의 치열함에 있을 것입니다. 우포늪 야트막한 산자락의 바위를 눈여겨보면 아기 소사나무, 아기 소나무, 아기 철쭉, 아기 진달래, 아기 명감나무, 아기 억새가 바위에다 틈을 내고 그 틈을 딛고 삽니다. 그 나무나 풀의 뿌리는 튼실합니다. 비옥한 땅에 뿌리를 내리고 사는 나무들이나 풀보다 몇 배나 더 힘 있게 뿌리를 내리고 삽니다. 우포늪 아이들은 어린 동백나무처럼 초록으로 초록으로 이 순간에도 잘 자라고 있습니다. 우포늪 아이들은 정직하게 살려고 애씁니다.

누항산 바위에 뿌리를 내리고 사는 아기 소나무가 우포늪으로 앙금앙금 산책을 나온 것을 보면 머리를 스치고 지나가는 말 한마디를 잡아둡니다.

"인류에게 있어서 가장 위대한 희망은 아기들의 울음 소리다."

피었다 비록 하루만 웃다 가는 큰개불알꽃이 피어 환하게 웃으며 새해를 축복해 주고 있습니다.

슬픈 허수아비들

엄마라는 이름의 농부를 아시는지요!

흙바람에 묻혀 사는 농부라는 이름을 걸고 살아남은 아버지는 슬픈 허수아비입니다.

이 땅을 갈고 엎고 씨 뿌리고 거두는 사람은 엄마라는 농부입니다. 알토란 같은 농부는 이제 엄마라는 이름을 먼저 단 엄마라는 농부입니다.

소를 이끌 듯 경운기를 몰고, 이앙기, 탈곡기로 그 어려운 농사를 척척 엄마라는 농부가 합니다. 자식 키우고, 남편 돌보고, 한 집안의 며느리인 엄마라는 농부는 이 땅에서는 핍박받고 멸시받지만 위대합니다. 쌀 개방을 좀 미루자고 이마에 띠를 두르고 실성한 사람처럼 소리치는 이방인 아닌 그 사람들 속에 엄마라는 이름의 농부가 반반으로 섞여 있습니다.

그들을 울게 해서는 안 됩니다.

그들을 노하게 해서는 안 됩니다.

마른 갈대에게도 새해가 있듯이 슬픈 허수아비에게도 새해가 있습니다.

엄마라는 농부에게도 새해는 있습니다.

새해가 별것입니까? 새 공책에 새 영농계획을 꼼꼼히 세우고 새롭게 다가설 절기에 붉은 연필로 동그라미와 네모와 세모를 치고 지난 일들을 꼼꼼히 챙겨 반성하고 꿈을 담고 계획을 세우는 것이 새해 계획이 아니겠습니까. 그리고 소리없이 들어서는 세월을 기억해 두자는 것입니다. 돋는 양파잎에 너무 많은 겨울비가 와서 울고, 어느 때는 겨울비가 오지 않아 양파밭이, 보리밭이, 퍼슬퍼슬 흙먼지가 일면 슬픈 허수아비는 웁니다. 핍박받는 엄마라는 농부도 웁니다. 이 순한 사람들이 자주 우는 것은 사는 것이 막막하여 우는 것이 아니라 살아남아야 하는 그 막연함 때문입니다.

이 땅은 어찌하여 정직하게 살아가는데도 뇌물을 줘가면서 살아남아야 하는 안타까움이 슬픈 허수아비를 더 슬프게 합니다.

사람도 서러움이 깊으면 부엉이 울음 소리가 납니다.

'우으 우으.'

어둔 밤이면 우푸늪 들뽕나무에 앉아 우는 부엉이.

사람도 슬픔이 깊으면 짐승이 됩니다. 이 땅의 엄마라는 농부, 엄마라는 어부는 자주자주 부엉이가 되어 웁니다. 이 풍경은 우포늪의 비극적 명암입니다. 아니 숨은 역사입니다.

우리의 슬픈 허수아비 박건일 씨는

'지조에 권력이 묻으면 비린 냄새가 일고, 지조에 돈이 묻으면 돼지똥 냄새가 일고 지조에 흙이 묻으면 드높게 맑아지지.'

마음의 항아리에 소중히 담아두고 이따금 꺼내 보며 흙 묻은 손을 비비는 슬픈 허수아비!

자주 자주 우포늪에 나와 짐승처럼 엎디어 우는 풍경을 먼발치에서 줌인하고 나면 어쩐지 따라 울고 싶습니다.

엄마라는 이름이 먼저 붙은 농부와 엄마라는 어부가 우는 소리에는 부엉이 울음 소리가 납니다.

흰눈이 흰눈을 흩뿌리고 지나갑니다.

마른 갈대 위로 내리는 흰눈은 쓸쓸합니다. 흰눈 뿌리는 우포늪은 신산스럽습니다. 신산스러움을 견디지 못해 양파밭둑을 거니는 밀양 박씨 건일 씨는 갈라 터진 손마디에 배어나는 핏방울을 문집니다. 핏방울이 떨어져 나간 자리에 새살이 돋는 것을 확인하고 웃습니다. 그는 아내도 없이 쓸쓸히 웃는 서러운 허수아비입니다. 머지않아 봄비가 내리고 뾰롯뾰롯 우포늪 물 위로 얼굴을 내미는 개구리밥 생이가래들이 조심스럽게 자리를 잡기 시작합니다.

새봄은 언제나 작은 것에서부터 옵니다.

새해에는 엄마라는 이름의 농부와 엄마라는 어부와 이 땅의 슬픈 허수아비를 울게는 하지 말아야 합니다.

덧니를 내보이고 섰던 고라니 한 마리가 마른 억새숲으로 들어갑니다.

낯선 풍경이

　이 세상 어디에서도 있어서는 안 될 일이 우포늪에서도 더러 일어납니다.

　참혹한 일입니다.

　우리와는 어울리지 않고, 익숙하지 않은 낯선 풍경에 거칠게 진저리를 칩니다. 어둔 밤, 도둑고양이로 지프차를 타고 들어와 미꾸리를 미끼로 하여 낚시를 던져 놓고 가는 나쁜 인간들이 더러 있습니다. 이 화상들은 해뜰 무렵이면 차번호 판을 가리고 득달같이 달려와 야참으로 미꾸리를 먹으려다 미늘에 걸려 아우성치며 버둥거리는 가창오리, 기러기, 노랑부리저어새 고니를 비료포대에 넣어 줄행랑을 칩니다. 밤새 살려 달라고 버둥거리는 철새들의 비명은 아비규환입니다.

　지옥입니다. 그들은 사람이 아니지요.

　인간의 세상에는 공짜가 없다는 것을 왜 모르는지요?

　철새들이 공짜다 싶어 야참으로 먹은 것이 죽음이 될 줄이야

누가 알았겠습니까! 인류의 적은 바로 사람입니다. 이런 참혹한 풍경이 진저리를 치게 합니다. 더러는 못난이 사냥꾼이 나타나 총질을 해댑니다. 그 총소리는 이라크 팔루자에서 미군이 퍼붓는 포탄과 총소리로 들려옵니다. 그 어떤 명분으로도 사람이 사람을 죽게 해서는 안 됩니다.

그 어떤 구실로도 연약한 생명을 죽게 해서는 안 됩니다. 그 어떤 싸움에서도 어린이가 다치거나 죽어서는 안 됩니다.

물밑에서는 먹이 사슬로 밀잠자리 유충이, 왕잠자리 유충이 우화를 준비하느라 설치고 다닙니다.

우포늪은 우포늪의 빛깔이 있습니다.

그 빛깔을 바꾸려는 사람들이 죽이고 싶도록 밉습니다.

짙은 연초록으로 펼쳐지는 광활한 양파밭의 풍경도 예사로움이 아닙니다. 드문드문 자리잡은 미나리꽝에는 아낙 몇이서 아랫도리가 허연 미나리를 걷어 올립니다. 무더기 무더기 쌓이는 연초록 불덩어리! 저보다 삶이 현실적인 정경을 대처에서는 만나기 어렵겠지요. 산다는 것은 저렇게 치열한 것입니다.

우포늪 둑 한 그루 미루나무로 서서 소리치면 너무 넓어 저만치 날아가다 사라지는 1월의 하늘이 나지막이 내려앉아 있습니다. 이 흑백의 풍경은 수묵화가 아니라 차라리 한 권의 시집이라고 말해야겠지요.

잠자던 공룡이 늪 한가운데서 불쑥 머릴 내밀고 일어설 것 같은 착각에 오금을 죄는 잔잔한 점심나절입니다.

쇠기러기 몇 마리가 마른 오동잎으로 떠다니는 것이 더 없이 한가롭습니다.

시린 바람이라도 불어 마른 창포와 부들을 흔들어 몸살이라도 앓게 하고 싶은 적막이 내려앉은 시장기 이는 점심나절입니다. 이대로 마냥 주저앉을 수는 없습니다. 제 길을 찾기 위해 허리끈을 다시 조이고 늪 가장자리에서 서성이다 떠나야겠습니다. 우리가 주머니에 손을 찌르고 춥다며 엄살을 떨고 있는 이때 이미 냉이와 노랑 뱀딸기꽃이 옹기종기 앉아 있습니다. 대낮에만 허우대가 멀쩡해지는 대처의 나리님들! 탐욕을 버리고 어진 백성들 옆에서 일 좀 하시지요. 슬픈 허수아비 옆에서 하루만이라도 보내보시지요!!

배운 사람은 더 배운 만큼 봉사하셔야 합니다.

부디 우포늪에 한번 걸음 하시어 들뽕나무로 서 보십시오. 외로워질 것입니다. 외로운 거기서 그대들은 자유로워질 것이며, 사람이 보이고 사람이 매우 소중하다는 것을 깨닫게 될 것입니다.

아기 별들이

어디 벼슬이 크다고 울음 소리까지 우렁차던가요?

세상 어디에나 목청이 큰 짐승은 있습니다.

우포늪 둑 너머 주매리에는 울음 소리가 유별나게 슬픈 꿩닭이 삽니다.

진양 강씨 흙담집에 벼슬이 작은 꿩닭, 수탉 울음 소리 한번 들어보십시오.

'으~이~~으!이~~이~~.'

어찌 저리도 슬프게 우는지요! 해질 무렵에만 우는 꿩닭.

비 오는 날이면 가슴을 찡하게 하는 꿩닭 울음 소리는 여리게, 여리게 멀리 번져 나갑니다.

세상의 수탉은 아침에만 울지 않습니다. 세상에 어둠이 내리고 수탉이 목을 길게 뽑고 울면 하늘의 아기 별들이 하나 둘 우포늪으로 내려옵니다. 아기 별들은 우포늪을 한 바퀴 돌아보고는 닭장으로 들어가 깃털이 됩니다. 닭과 아기 별들은 어깨동무를 하고 어두운 세상을 봅니다.

우포늪 이른 새벽입니다.

아기 별들이 떠납니다.

물안개 자욱하게 피어나는 2월의 아침 우포늪 풍경은 차라리 서늘한 애수哀愁입니다.

물안개 속으로 건너오는 이름 없는 수탉의 울음 소리가 늪을 흔듭니다. 잎눈을 내던 오리나무들은 긴 닭 울음 소리에 손을 가볍게 흔듭니다. 소나무들은 못 들은 척 능청을 떱니다.

세상살이에는 더러 능청을 떨 줄을 알아야 하겠구나 하는 묘한 생각을 지닙니다.

자욱한 아침 물안개 속으로 철새들이 이주를 시작합니다. 떼지어 떠납니다.

빗질을 하듯 물안개가 걷힙니다. 조선창호지를 펼친 듯 훤한 우포늪.

우포늪에 물비늘이 밀립니다.

어쩌면!

철새들이 떠난 자리마다 알이 떠 있습니다. 눈부십니다. 찬란하다는 말을 어떻게 할 수 있겠습니까. 잔잔하게 이는 우포늪 물비늘은 모두가 철새들이 낳고 간 소중한 알, 알, 알, 알입니다.
　문득 늪가 갯버들들이 하얗게 눈을 떴습니다.

　요즘 들어서 한낮이면 미움을 사는 까치들이 사랑놀이를 하느
라 시끄럽습니다. 언제나 사랑놀이는 바라보는 이의 가슴을 들끓
게 합니다.
　시린 바람 속의 복숭아밭의 복숭아나무들이 후끈 달아 얼굴이
붉습니다. 오래된 미래가 아닌 7월쯤에는 복숭아나무에도 달콤한
사랑의 과실이 주저리 주저리 열리겠지요. 사랑은 저렇게 부끄럽
게 하는가 봅니다. 그러나 결코 사랑은 부끄러운 것이 아닙니다.

　우포늪은 살아 있는 모든 것들의 소중한 보물창고입니다. 삶의
신비와 비밀이 숨어 사는 거대한 보물창고입니다.
　그 우포늪이 늙은 암소처럼 졸고 있습니다.
　꾸벅꾸벅 졸고 있습니다.
　2005년 2월의 우포늪이….
　디지털 시대 속의 우포늪이 시름시름 죽어가고 있습니다.

세상의 소리가

"아니!?"

왁자했던 우포늪이 갑자기 적막합니다.

그 많던 소리, 소리들이 순간 사라졌습니다. 봄이라기에는 아직 이른 우포늪으로 일시에 소리들이 빠져들었습니다. 세상의 소리들도 자살을 하는가!!

무슨 일일까요?

믿을 수 없는 일이 눈앞에 벌어졌습니다. 허벅지까지 빠진 마른 부들과 마른 갈대와 목까지 빠진 마른 창포들만 가볍게 진저리를 치고 있습니다.

지난해 남아시아 바다에서 일어난 지진이 원시의 숲에도 몰려오는 것일까!!

아무리 자연의 섭리라지만 재앙은 무섭습니다. 두렵습니다. 무섭다, 무섭다 해도 자연 재앙처럼 무섭고 두려운 재앙은 없습니다. 남아시아 지진과 해일은 누구의 힘이겠습니까! 참 불가사의 한 재앙이지요. 그 누구도 흉내낼 수 없는 재앙이지요.

자연은 자연을 다스리지만 결코 인간은 자연을 다스릴 수 없음을 시인하지 않으면 안 됩니다. 개발이라는 이름의 거대한 삽질을 이젠 그만둬야 합니다.

따지고 들면 자연 앞에서는 인간 역시 미물인 개미보다 더 못한 무능한 존재입니다.

우포늪에 빠진 듯 잠겨 있는 쇠오리, 기러기, 청둥오리, 큰고니, 크고 작은 철새들도 무슨 연유인지 입을 다물고 있습니다. 마른 찔레나무의 까불이 굴뚝새도 죽은 듯 앉아 있습니다.

세상의 소리라는 소리는 모두 2월의 우포늪 물 속에 숨어버린 적멸의 시간입니다.

이명耳鳴일까요?

사람은 어려우면 하느님을 찾습니다. 무릎을 꿇고 기도를 합니다.

세상의 소리라는 소리는 모두 우포늪 물 속에 빠지고만 적멸의 시간에서 벗어나게 해달라고 간구懇求했습니다.

적멸의 시간 속에 앉아 있다는 것은 죽음 속의 시간입니다.

이 광활한 원시의 늪이 적막합니다.

"오! 하느님! 소리를 주십시오!"

세상에 소리가 없다는 것은 심상치 않은 조짐이 예견되는 것이 아니겠습니까!

다급하면 어머니보다 먼저 부르는 하느님!

느닷없이 지진과 해일이 덮친 남아시아의 동물원의 동물들은 발톱 하나, 머리 털 하나 다치지 않았고, 코가 긴 코끼리는 조련사와 훈련을 하다가 변이 일어날 낌새를 미리 알고 산으로 피난을 갔다지 않습니까! 발톱 하나 다치지 않고 돌아와 구조작업에 열심이라지요. 지금도 야자나무 아래를 오고가며 복구 작업을 하고 있다지요. 그것은 원초적 본능이요, 본능의 예감입니다. 본능의 예감은 살아 있는 것들의 감각이요, 자기 사랑입니다.

문명의 이기에 눈이 멀면 사람은 아둔해집니다.

아둔해지면 첨예한 감각을 놓치고 연민을 놓친 짐승이 됩니다. 사람이 첨예한 감각과 연민을 놓치면 사나운 짐승이 되고 맙니다.

꿈의 섬 몰디브 바닷가는 그 연약한 바닷물 속의 산호초로 상처를 덜 입었다지 않던가요?

이제 작은 것이라고 얕잡아보고 함부로 대하는 짓거리는 삼가야 하겠지요.

우리가 미국을 시답잖게 여기는 것은 궁핍한 나라를 돕는 척하고, 앞으로는 내주고 뒤로는 준 것 이상으로 챙겨 가는 야누스이기 때문입니다. 약한 민족을 인권이라는 구두로 밟아버리는 행위 때문이지요. 그들이 왜 그런 일에 익숙할까요. 그것은 자연을 정복하고자 하는 묘한 민족성과 그들이 먹는 주식이 고기라는 데 이유가 닿지 않을까요? 세렝게티의 평원을 거니는 사자나 재규어나 치타가 먹는 것이 고기 아닙니까! 사슴이나 기린, 누우가 먹는 것은 풀입니다. 짐승이 짐승을 먹으면 거칠어지고 사나워지듯이 사람도 동물의 하나입니다. 육식을 하다 보면 사람이 사납고, 사나워집니다. 우린 초식을 해야 하지 않겠습니까.

처마가 유난히 낮은 교회에서 종소리가 날아옵니다.

"하느님! 고맙습니다!"
우포늪에 빠진 듯 앉아 있던 철새들이 일시에 교회 종소리가 날아오는 쪽을 바라보고 있습니다. 오라, 하느님은 저 높은 곳에 계시는 것이 아니라, 가장 낮은 곳 종지기 권서방의 낡은 운동화 속에서 습한 땀으로 계셨구나. '저를 멀리하지 마옵소서. 흰닌이 가깝고 도울 자가 없나이다.'[*]
옳다, 옳다 하느님의 땀에서도 지독한 쿠린내가 나는구나.

　　재잘거리는 철새들의 울음 소리까지 삼켜 버린 우포늪이 서늘하게 무섭습니다.

　　어느새 설핏설핏 어둠이 내립니다.

　　산과 산 사이에서 숨어 있다가 나온 듯 불빛이 하나 둘 일어섭니다.

　　우포늪 물 위에서 아직 떠나지 않은 청둥오리들의 재잘거림을 듣고 있으면 분명, 아침의 선명한 소리가 아닙니다. 세상사에 어느 것 하나 변하지 않는 것이 없습니다. 우포늪도 변화하고 있습니다.

　　'후드득 후드득' 날아드는 날개 큰 물수리도, 부엉이도 어제의 모습이 아닙니다. 변화하지 않은 듯 마냥 변화한 모습입니다.

　　시름에 젖듯 우포늪이 오늘도 어둠에 젖습니다.

* 시편 22:11

상수리나무 잎들은

보아라! 저길 보아라!

비슬산을 돌아 온 바람이 상수리나무 가랑잎을 업고 오고 있지 않는가! 겨우내 마른 가랑잎은 되새 떼가 되어 하늘을 뒤덮고 날아오는 비슬산 상수리나무 가랑잎들. 아니 갈가마귀 떼로 몰려오는 저 정체는 무엇인가요? 되새 떼의 비상인가!! 메뚜기 떼의 출현인가!!

부질없어라. 부질없어라.

부패한 거리에는 애써 찾아 제자리에 놓은 시인의 소중한 낱말들이 해체되어 광고지로 2월의 바람에 실려 떠돌고 있습니다.

새가 될 수 없는 시인의 낱말들….

2월의 우포늪 하늘에는 새도 아닌 것이 더러는 새의 흉내를 내고 떠돕니다.

참을성 좋은 기다림은 기도가 되고 간절한 기도는 믿음이 됩니다. 믿음은 한결같아야 믿음의 허리끈이 튼실해집니다. 신뢰라는 허리끈은 흔들리는 세상을 묶어줄 터인데 경제에 눈이 어두운 사람들은 믿음의 띠를 놓고 실성하여 거리를 방황합니다.

믿음은 싫은 것도 참고 즐거운 것도 참는 거기서부터 시작됩니다. 믿음은 기적을 숨기고 사는 백두산 같은 것입니다.

한 마리 들짐승처럼 이렇게 앉아 있으면 산 너머 대처가 훤히 보입니다. 북악산 아래 푸른 집에는 잡아야 할 것과 잡지 말아야 할 것을 분간치 못하는 사람들이 국민의 세금을 축내며 실실거리고 있는 풍광이 보입니다. 그들은 씨 뿌릴 때를 놓치고도 늘 허튼 소리를 합니다. 호미로 막을 것을 가래로도 못 막는 우매한 짓을 합니다. 한 나라의 교육의 수장은 무엇보다 청렴과 호연한 도덕성이 으뜸이어야 하는데… 수장이 청렴에도 부실하고 도덕성에도 부실하면 이 땅의 미래는 어떻게 될까요. 십년 앞, 백년 앞을 내다보는 것이 교육이라는 천체 망원경인데… 눈앞에 과거사 청산을 움켜쥐고 헉헉거리며 오늘이 오래된 미래가 된다는 사실을 왜 모를까요! 사람과 사람 사이에는 믿음을 쌓아야 합니다.

우포늪 푸른 물 속에는 황소개구리가 알을 까고, 두꺼비가 알을 까고 도롱뇽이가 어울려 알을 까고 있습니다. 서로 싸우지 않고 신기하게 잘 놉니다. 그들도 깜냥에는 믿음이 있습니다.

그래, 이 봄은 싸우지 않는 봄이었으면 합니다.

그냥 화왕산 진달래꽃이 비슬산으로 번져가 온산을 다 진달래 꽃불로 훨훨 태운들 어떻겠습니까! 대구광역시 달서구 해맞이 아파트에 사는 홍홍 잘 웃는 이미정 선생에게 묻고 싶은 오후입니다. 턱없이 싸우는 것보다 진달래 꽃불 속에 들어앉아 먼 산을 보며 유년에 만났던 청미래잎같이 그리운 얼굴을 떠올려 보시면 어떨까요!

우포늪에도 사람이 없습니다.

마른 억새 숲을 헤치고 경중경중 사람들이 왔으면 더 좋겠다는 생각이 드는 참으로 쓸쓸한 우포늪 2월의 오후입니다.

누구나 봄이면 아기를 지닌 임산부처럼 입덧을 합니다. 생뚱맞게 먹고 싶은 것들이 많아집니다. 시린 물살 속에서 겨우내, 싹을 올린 어린 말 줄기 하나를 손 넣어 뽑아 맑은 물에 술렁술렁 씻어 입에 넣습니다.

아싹아싹 씹히는 식물성 세포의 맛!

여린 단맛 속에서 막달라 여인의 예쁜 입술을 그리워합니다.

긴 머리칼을 날리며 다가오는

그대 이름은?!

둑길

울을 탈출한 반달곰으로 움츠리고 앉아 있습니다. 마른 줄풀들이 내 어깨를 툭툭 치며 비웃고 지나갑니다.

우포늪 둑 너머 세진리를 바라보고 있으면 비좁은 농로를 따라 많은 여인네들이 걸어옵니다. 강한 내구성耐久性을 지닌 어머니들이 다가옵니다. 모계사회라는 물결이 서서히, 아주 서서히 밀려오고 있습니다. 속절없이 수컷들은 중성이 되어 어정쩡한 삶의 지도를 그려 놓겠지요. 이렇게 짐승으로 앉아서 머지않아 마른 풀숲을 헤집고 일어설 들꽃들의 얼굴을 떠올려 봅니다. 가능한 한 진보를 서둘지 않고 걸어온 것들의 물성物性을 챙겨 보면 참으로 형형색색입니다.

우포늪에 아니, 이 땅을 딛고 사는 작은 생명들의 이름을 불러 주다 보면 가슴이 뜨끔뜨끔합니다. '개도둑놈의갈고리', '중대가리풀', '파대가리', '참새피', '며느리밑씻개'(개울에 버려진 듯 살면서 얼마나 예쁜 담홍의 꽃을 피우는지 모르지요), '큰개불알

풀'(오뉴월에 품위 있는 하늘빛 꽃을 냅니다), '개오동나무', '쥐똥나무', '개갓냉이' 등등 어느 것 하나 미운 구석은 없습니다. 이 소중한 생명체를 좋은 쪽으로 이름을 담아주지 않고 무슨 연유로 두고두고 상처날 이름을 주었을까요?

이름을 담아준 그들은 분명 패권주의자들일 것입니다. 성조기를 앞세우고 다니며 전쟁은 재미 있고 사람을 향해 총질하는 것이 좋다는 그들처럼 오만한 마음으로 이름을 불쑥 담았을 것입니다.

이름은 냄새를 지니지 않습니다. 맛도 지니지 않습니다. 오직 조건 반사에 의해 생리적인 현상을 보일 뿐입니다. 이름은 상상의 모양새를 지닙니다. 이름 그 실체는 무형입니다. 부르고자 하는 사람의 입에서 비로소 그 어떤 형체를 지니게 됩니다. 이름 그것은 크기나 부피나 넓이나 무게를 지니지 않습니다. 서로 이어지게 하는 관계의 형상을 우리는 이름이라고 착각을 합니다. 아름다운 착각입니다. 저는 오늘도 아름다운 착각 속에 삽니다.

그 관계를 말하는 낱말 역시 생각을 표출해 내는 기호입니다.

알고 보면 그림도 색깔이 있는 기호의 히니이고, 문자도 말을 나타내는 기호의 하나이며 음악 역시 가락이 숨은 기호의 하나일 뿐입니다. 결국 이렇게 애매모호하게 이름이 이어지는 것을 관계라고 적어두고 밑줄을 긋고 싶은 3월입니다. 우리들과 우포늪 역시 사람과 자연과 시간과의 관계이겠지요.

3월에는 세상에 흩어진 이름들을 떠올려 그 이름 뒤에 존재하는 사물을 챙겨 보며 오래된 오늘과 미래를 펼쳐 볼 시간입니다.

우포늪 둑에 무릎을 꿇고 앉아 키 낮은 내 하느님에게 기도를 합니다.

'3월에는 저 양파 밭두렁에 어깨동무를 하고 등 따뜻한 햇살을 쬐다 2년만 살다 가는 등대풀로 서 있게 해 주소서. 아멘!'

눈앞에서 스멀거리는 아지랑이는 현기증이 납니다.

일자리에서 떠밀려나 속절없이 도사리[1]로 나앉은 쓸쓸한 할미꽃 같은 얼굴들을 봅니다. 마른 풀숲에 ^*^ ^*^[2]거리는 진달래의 입술을 보며 부질없이 보낸 세월을 잡으려고 손을 내밉니다. 모든 게 허사이지요.

온갖 것들이 기지개를 하고 일어서는 낮은 산, 산 너머 멀고 먼 그곳에서 살아남기 위해 자벌레로 꼬물거리고 있을 그대를 그리워합니다.

우포늪 3월은
사라짐과 나타남이 분명해지기 시작하는 연민의 강물입니다.

1. 잎이나 열매가 익기 전에 떨어지는 열매나 잎
2. '홍홍' 웃는 모습

집 짓기

어쩌면?!

고로쇠나무를 타고 오르는 저 검은 털북숭이 청설모를 보십시오.

저 청설모는 지난 겨울을 어디서 났을까요? 청설모의 집은 어디일까요.

땅 속일까요?

아니면 바위 틈일까요? 아니면 개울가일까요?

어디일까요?

정말 어디일까요?

청설모 집은 나무 위에 있습니다. 그것도 허리가 굵고 나뭇가지가 튼실하며 나무초리와 솔잎이 무성한 곳을 골라 지은 집입니다. 무성한 솔잎과 나무초리는 청설모의 지붕이 되지요. 하지만 까치집처럼 둥지가 크지는 않습니다. 영악한 까치도 소나무에는 집을 짓지 않는 그 소나무에 청설모는 바람 빠진 축구공 크기의 집을 짓습니다. 눈과 비를 피할 수 있는 소나무 가지에 짓습니다.

까치집처럼 마른 나뭇가지로 얼키설키 지은 집이 아닙니다.

청설모가 집을 짓는 모습을 보면 마른 수염풀과 바랭이를 그 날카로운 발톱으로 긁어 모읍니다. 송곳 같은 앞이빨로 질긴 마른 풀을 물어뜯습니다. 달비채 같은 마른 풀을 한 입 물고는 엉뚱한 곳으로 쪼르르 갑니다. 누군가의 눈길을 따돌리려는 짓이지요. 잠시 머뭇거리다가 소나무를 타고 올라갑니다. 그것도 그냥 곧장 올라가는 것이 아니라 소나무 중간쯤의 가지를 휙휙 건너다닙니다. 하늘과 소나무 위를 날아다닙니다. 집을 짓는 소나무와 상관없는 다른 소나무 가지에서 생뚱맞게 딴전을 부리다가 아니 능청 떨고 한참을 놀다가 순간 자취를 감춥니다. 번개처럼 집을 지을 소나무를 타고 올라가 물고 온 마른 풀로 집을 짓습니다.

언제 집을 짓는가요?

찬바람이 일면 시골 우리 어머니들이 김장을 담그고, 문짝을 떼어 조선창호지로 문을 새로 바르는 그 무렵입니다. 그러니까 12월에 청설모는 겨울잠을 자려고 새집을 짓습니다. 그 청설모가 자는 겨울잠 모습은 참 재미있습니다. 겨울바람이 소나무를 휘감으면 바람에 흔들려 주면서 그렇게 잠을 잡니다. 겨우내 거칠고 시린 바람에 흔들려 주며 잠을 자는 청설모의 일상은 참으로 흥미롭습니다. 그런 청설모가 3월이면 물이 오른 고로쇠나무나 오리나무를 찾습니다. 아른아른 이는 아지랑이 사이로 죽어 있는 듯, 서 있는 고로쇠나무나 오리나무를 유심히 보십시오. 깨알 같은 잎눈이 부풀기 시작하는 경이로움이 보일 것입니다. 그 잎눈으로 청설모는 허기를 달랩니다. 송곳보다 더 뾰족한 이빨로 부풀어 오르기 시작하는 잎눈을 따 먹습니다. 나뭇가지는 생채기가 납니다. 할퀸 나뭇가지의 상처에서 순수한 나무즙이 이슬방울로 오롱조롱 눈부시게 배어납니다. 맑은 수액이 이슬처럼 방울방울 가지에 맺힙니다. 그 수액으로 청설모는 긴 겨울동안의 갈증을 풉니다.

산새들도 목마름을 달랩니다.

어디 사람만 목마릅니까?

남녘에서 오는 바람이 아직은 차가운 3월에는 길을 가다 차를 멈추고 마른 풀과 개망초꽃 대궁을 헤집고 소나무 숲으로 올라가 보십시오. 그 숲에는 푸렁푸렁 살아 있는 소나무들만 팔을 걸고 어깨동무를 하고 있지 않을 것입니다. 드문드문 세월을 비켜선 붉은 소나무의 허리를 잡고 아무렇지 않게, 참으로 아무렇지 않게 살아가는 소나무들의 삶의 견실함을 만날 수 있을 것입니다.

산다는 것은 곁을 떠난 이를 사무치게 그리워하며 허우룩한 속내를 달래며 남의 허물도 보듬는 것입니다.

3월에는

우포늪을 끼고 사는 비사벌 양파들이 해돋이를 한답니다.

느릅나무

냇버들이 거친 겨울바람에 헝클어진 머리칼을 정갈하게 빗질을 하기 시작합니다. 성급한 냇버들은 연초록 큰 부채로 일어서고 있습니다. 황량한 우포늪이 아름다움으로 채색하기 시작합니다.

어쩌면 좋을까!

늪 한가운데로 성큼성큼 다가서는 냇버들이 있습니다. 늪이 묵정밭으로 가고 있다는 경고성 메시지입니다.

냇버들들이 마냥 실바람에 덧없이 흔들립니다. 흔들리는 냇버들을 눈여겨보면 제멋대로 팔을 흔듭니다.

스스로의 사유思惟를 바람 앞에 자유롭게 내보이는 냇버들들의 생애生涯!

이 땅에 태어난 우리는 자유로웠습니까? 초록으로 꽃단장을 한 냇버들을 보며 이 땅의 자유를 생각합니다. 결코 우리는 자유롭지 못했습니다. 이데올로기라는 올무에 걸려 삶의 보폭이 자유

롭지 못했습니다,

　우리들은.

　사람의 삶은 자유에서 비롯되어야 합니다. 하지만 우리는 정녕코 자유롭지 못했습니다. 소중한 자유를 한껏 누리고 사는 꼬마 물떼새를 봅니다. 목울대가 아픕니다.

　새 잎눈을 내기 시작하는 들뽕나무를 끌어안고 웁니다.

　실컷 웁니다.

　운다는 것은 오늘의 멍에를 지우는 일이겠지요. 절망과 좌절이 무거워 헉헉거리는 분들은 3월의 우포늪으로 걸음 한번 하시지요. 오시어 마른 갈대 사이로 냇버들을 바라보며 서럽게 울어보십시오. 울며 자유롭지 못한 스스로의 삶을 되짚어보는 것도 소중한 일입니다. 슬픔은 삼키면 삼켜집니다. 소금기 많은 눈물처럼 말입니다. 자기 성찰이 없는 사람은 나무거울입니다.

　해질녘이면 느릅나무들이 그림자 잡기 놀이를 합니다. 느릅나무들의 그림자 잡기 놀이가 심드렁해지면 그 하얀 이팝나무 꽃 같은 별들이 우르르 쏟아져 별밭이 되는 우포늪은 세기말적인 환상이 실루엣으로 일어섭니다.

　우포늪

3월의 밤은
별과 철새들이 어울려 나물을 캐는
청보리밭입니다.

청둥오리

엊그저께 내린 봄비로 길 위에서 결코, 푸대접을 받아야 할 이유와 그 근거가 없는 물건들이 실개천을 그득 메운 물길을 따라 떠밀려 옵니다. 이 물건들은 어떤 이의 편견으로, 버림받아 허접스레 떠돌다 흙탕물에 휩쓸려 마냥 낮은 곳으로 밀려내려 오는 것이지요.

우포늪은 세상 어느 곳보다 낮은 곳입니다.

시각적인 효과도 누리지 못한 채 떠내려 옵니다. 실개천을 따라 내려오다가 무슨 미련이라도 있는 양 머물다가 다시 떠나온 들고양이 시신屍身. 한 인간의 질주로 인해 당한 죽음….

억울하게 죽은 들고양이를 그 누구도 거두지 않아 시신은 우포늪으로 흘러들었습니다. 아직은 멈추지 않은 혈관의 붉은 피가 우포늪 물을 물들이려다 맙니다.

미처 떠나지 못한 청둥오리 몇 마리가 으스러진 들고양이의 육신을 뜯어먹습니다. 청둥오리는 잡식성입니다. 길고 견고한 부리로 무엇이든 해치웁니다.

이것이 살아 있는 것만이 지닐 수 있는 탐욕입니까?

웃음입니까? 아니면 생태적 상황입니까?

독도를 자기네 것이라고 오래 전부터 우격다짐을 하고 대드는 일본을 생각합니다. 내 것을 내 것으로 챙기지 못하는 이 땅의 지식인들을 그려 봅니다. 지식인이라고 자칭하는 자들은 이기주의자들입니다. 스스로를 진보니 보수니 개개비처럼 개개거리고 있으니 비사벌 양파들이 가소롭다고 비웃고 있습니다.

내놓고 먹고

내놓고 말하고

그 짓거리도 내놓고 하여 야성이 있는 들개도 진보일까요?

슬쩍 숨어서 먹고

슬쩍 숨어서 말하고

그 짓거리도 슬쩍 숨어서 하는 메기는 야성을 잃었으니 보수일까요?

웃기지 마십시오. 그들은 하이에나입니다. 몰염치를 적절히 드러내거나 숨기고 사는 하이에나들입니다.

풀냄새 풀풀거리는 4월의 우포늪에 와 치열하게 삶을 꾸려가는 농투성이들을 바라보십시오. 삶의 진실함이 처절하게 배어 있는 노래가 들릴 것입니다. 그들에게 백 원짜리 은전 한 닢은 매우 소중합니다. 열 개이면 텁텁한 막걸리가 두 사발이 됩니다.

진실한 삶은 보수에도 진보에도 결코 훼손되지 않습니다. 저토록 기운차게 일어서는 개수양버들을 보면 느낄 것입니다. 단성화를 피우는 개수양버들….

세상일은 그럴 수도 있겠지 배려하는 여유도 지녀야 할까요?

우포늪에서 천천히 떠밀려나는 개수양버들은 불의不意에는 손을 잡지 않습니다.

우리의 삶도 따지고 보면 별것 아닙니다.

잠시 왔다 가는 실바람 같은 처지입니다.

살아 있음이 너무 낮은 곳에 숨어 있어 보이지 않는 그분 앞에 오늘도 저는 무릎을 꿇고 소리 내어 기도를 합니다. 죽음은 너무 높아 보이지 않는 그분 곁에서 소리없이 기도하는 것입니다.

저는 간사한 모리배입니다.

결국 이 세상 모든 것은 이중주입니다.

그림자와 빛.

물과 불.

우리라는 존재도 삶과 죽음을 함께 끼고 사는 이중주입니다.

개수양버들이 수억 년의 세월을 거슬러 오면서 낭랑하게 존재

할 수 있는 것은 느림의 걸음걸이와 느림의 적응에 호응할 수 있
기 때문입니다.
　보십시오!
　연초록으로 흔들리는 저 우아한 개수양버들의 생생한 자태
를….

여린 것들이

　철새들은 본능인 귀소歸巢성으로 해가 설핏 지면 늪가, 마른 갈대숲이나 마른 창포숲이나 마른 부들숲이나(아직은 무릎까지 물에 발을 담그고 있는), 마른 억새숲이나 아니면 청푸른 대나무숲으로 날아듭니다. 끼리끼리 모여듭니다.

　잠을 자려고 찾아드는 것이지요. 철새들의 잠 청하기는 결코 조용하지 않습니다. 한참을 재잘거리다 잠이 듭니다. 우포늪 철새들의 재잘거림 속에는 슬픔이 있습니다.

　지난 겨울 못된 인간들이 은밀히 설치한 올무에 걸려 발 하나를 잃고 아파하는 신음이 있습니다. 사냥꾼의 총질에 왼쪽 날개를 다쳐 서서히 죽어가는 철새도 있습니다. 독극물을 묻혀 뿌려놓은 것을 먹고 이미 죽은 철새가 수천 마리가 됩니다.

　살아 있는 철새들은 날기 위하여 이 밤도 잠을 청합니다.

　지난 겨울 얼음장 아래, 생동감으로 유연히 살아 있는 빙어라는 은빛 물고기를 낚시로 잡아 올려 파닥이는 몸부림을 마냥 즐거워하다 끝내 초고추장을 묻혀 입속으로 처넣고 오독오독 씹는 치열한 그 잔인성을 생각합니다.

맑고 고운 눈동자에 투명하여 내장까지 선명히 들여다보이는 슬픈 은빛의 물고기 빙어!

작고 여린 생명체면 잡아 잡수셔도 되는지요?

지리산 산자락 고로쇠나무마다 심장에 구멍을 내어 빨대를 꽂아 고로쇠나무의 맑은 피를 동이 동이 받아 퍼마시는 그들의 무서운 정체성을 떠올리고 저는 진저리를 칩니다. 유희적인 행동으로 거룩한 생애까지 경박해지고 마는 모멸감에 젖습니다.

여린 생명체들의 법적 권리를 생각할 때입니다.

인권의 깃발을 앞세워 지구촌 곳곳을 누비고 다니며 인권을 유린하고 무참히 목숨까지 앗아가는 패권주의자 미국을 생각합니다.

황소개구리 미국!

1억 5천만 년이라는 세월은 켜켜이 저 늪에 깔려 마냥 눈부시고, 새들은 세월의 파편으로 날아와 진화를 서둘지 않은 것들만 거듭거듭 일어서고 있습니다. 늪을 뒤지면 뒤진 만큼 미생물의 실체가 아름다움을 온유하고 오늘에 와 있음을 발견할 수 있습니다. 산다는 것은 서로의 존재를 숨겨주고 인정하는 자리에서 비롯됩니다.

　디지털이라는 문명에 환희를 맛본 인간들이 자연을 돌려놓고 있습니다. 이제 우포늪은 매우 극단적 환경에 놓여 있습니다. 우리도 극단적 환경에 놓여 있음을 자각해야 합니다.

　자연이 죽기 전에 인간이 먼저 죽는다는 것을 우리가 먼저 알아야 합니다.

바람꽃

우포늪 들녘에는,

숨어 있었던 것들이 저마다 고개를 치켜들기 시작합니다.

죽은 듯 엎디어 화왕산을 바라보면 괜히 서러워집니다.

4월에는 원시의 우포늪이 눈부십니다.

우포늪에는 화장을 하지 않아도 예쁘고 향기 그윽한 풀꽃이 일어 우포늪이 훤합니다. 물속에는 물꽃이 일고, 바람이 피운 바람꽃 정경은 우리를 황홀하게 합니다.

알고 보면 우리는 고슴도치입니다. 자기방어라는 이름의 침을 온몸에 숨기고 사는 고슴도치입니다. 춥고 드센 바람이 분다고 서로 가까이하여 추위를 물리려다 서로가 서로를 찌르고 마는 고슴도치입니다. 부부라는 끈으로 이어 서로 얽어매어 알게 모르게 상처를 내고 마는 고슴도치입니다. 부모자식간의 끈 역시 일정한 거리를 유지 못해 서로가 찌르고 마는 바보 고슴도치입니다. 그물 한 코로는 그 어떤 물고기도 잡을 수 없듯이 우리의 행보도 거리와 코가 필요합니다.

우리는 사랑하는 일에는 익숙하나, 거리를 유지하는 데는 서툴기 그지없습니다.

물 위로 날카로운 얼굴을 내밀기 시작하는 향포香蒲들을 보며 고슴도치를 생각합니다.

허물어진 향포들을 딛고 일어서는 저 당당한 모습은 차라리 처연합니다. 갈대들이 무너지고, 억새들이 무너지고, 새풀도 줄풀도 무너지고 무너진 그 자리를 내딛고 일어서는 자태는 비장합니다.

꼿꼿하게 서 있던 마른 명아주도, 귀화한 마른 달맞이꽃도 허물어지는 4월입니다. 허물어져 내린 그 자리를 꼬챙이로 헤집어 보면 서늘하리만치 제 모습을 갖추고 있는 작은 생명체를 발견할 수 있을 것입니다.

우리는 자연을 인정하는 그 순간부터 우리가 존재한다는 사실을 자각해야 합니다.

늪에는 대대리 아이들이 나와 낡은 너럭 배를 타고 있습니다.

"저걸 어째! 저걸 어째!"

우르르 몰려 탄 너럭 배가 뒤집혔습니다. 아이들은 가창오리가 되어 찰방거립니다. 늪에 빠진 아이들이 가창오리처럼 앙금앙금

둑으로 기어오릅니다. 문뜩 나랏녹을 먹는 사람들 중 우두머리는 나랏녹으로 쌍꺼풀을 그것도 부부가 나란히 수술을 하고 나타난 모습을 보고 박수를 쳤습니다.

'아! 이제 일자리를 놓은 사람들이 허기를 물리지 못한 어린 것들을 안고 누운 달동네 사람들과 서울역·대전역·대구역·부산역·수원역·구포역에서 노숙을 하고 있는 그분들을 살펴보려고 마누라와 나란히 쌍꺼풀 수술을 했구나….'

나랏녹을 넉넉히 하겠다는 그 사람은 땅 따먹기를 하여 수십억씩 삼키고도 3.1절날 나랏일은 않고 싹수없는 나랏녹을 먹는 젊은 일꾼을 데리고 골프를 친 부패한 얼굴을 떠올려 봅니다.

너무날*이면 빈 통장을 들고 은행 앞을 서성거리는 중소기업 책임자의 의존적 자태가 성스럽게 얼비칩니다.

'땅에 떨어진 돈은 줍지 말라'는

농투성이 하씨의 말을 씹어 봅니다.

봄배를 타다가 늪에 빠진 저 대대리 아이들이 까치로 보이는 것은 웬일일까요?

우포늪에는 아직 떠나지 못한 새들이 머물고 있습니다. 딧새인 흑두루미, 황새, 개리, 노랑부리저어새, 물수리, 흰꼬리물수리, 잿빛개구리매, 황조롱이가 유배지 우포늪에서 곤고한 삶을 영위하고 있습니다.

　선뜻 자리를 떨치고 떠나지 못하는 철새들을 봅니다.

* 열나흘과 스무여드레

때죽꽃

　　논병아리 같은 아이들이 논병아리 걸음걸이로 논병아리 같은 웃음소리를 풀숲에 흘리면서 서로서로 손잡고 조붓한 우포늪 둑길을 아슬랑아슬랑 걸어갑니다.

　　남의 길을 기웃거리는 재미로 흐린 세상을 살아가는 달맞이꽃이 넌출넌출 춤을 추며 논병아리 같은 아이들을 향해 손을 흔듭니다.

　　간밤에 키를 올린 강아지풀이 뽀얀 아기의 알궁둥이 같은 양파를 캐러 나서는 아저씨들에게 고개를 흔듭니다. 논병아리 같은 아이들은 질퍽한 늪의 펄에 발을 담급니다. 부드러운 펄 속에서 한 포기 갈대로 서서 쇠물닭과 물닭을 바라보다가 논병아리 가족을 발견하고 청미래잎 같은 손바닥으로 손뼉을 칩니다.

　　아기 논병아리들이 놀라 무자맥질을 합니다.

　　물속으로 들어간 아기 논병아리를 찾아 논병아리 같은 아이들의 눈이 화등잔만 해집니다.

213

"어디로 숨었니?"

"물 속에 숨었다."

"마름 밑에 숨었다."

논병아리 같은 아이들은 지저개비처럼 재잘거립니다.

물 억새와 갈대들이 간지러워 몸을 흔듭니다.

"아! 냄새 조 오 타."

아카시아 꽃향기에 개구쟁이 명수가 코를 발름거리며 기지개를 켜고 말합니다. 상수리나무 위로 직박구리 한 마리 날아갑니다. 때마침 꼬맹이 영아는 물방개 한 마리 잡아 자지러집니다.

물무늬로 뜨는 마름들을 들여다보는 논병아리 같은 아이들의 눈빛은 빙어의 눈처럼 투명해집니다. 살아 있는 것을 만지고 바라볼 수 있다는 것은 얼마나 행복한 일인가요!?

여우비가 내립니다.

여울여울 산하로 번져 나가는 초록불이라도 끄려는지 여우비가 내립니다. 늦잠 잔 때죽꽃이 여우비에 이마를 적시고 진저리를 칩니다. 창포꽃 그늘로 나들이 나온 달팽이를 구경 나온 논병아리 같은 아이들이 꺼병이가 되어 들뽕나무 밑으로 숨습니다. 앙큼한 아이는 재치 있게 둑 너머로 가 토란잎 우산을 만들어 쓰고 맨발로 긴 둑을 걸어갑니다.

　서쪽 하늘에 무지개가 걸렸습니다. 우포늪 마름 위로 무지개가 떠 있습니다. 논병아리 같은 아이들이 손뼉을 칩니다. 긴 머리 황 선생님도 손뼉을 치며 강중강중 뜁니다. 논병아리 같은 아이들이 만든 박수소리는 개구리밥으로 뜹니다.
　우포늪 갈대잎에 앉은 새하얀 빗방울은 어쩐지 슬퍼 보입니다.
　명아주잎에 앉은 청개구리 한 마리 울고 있습니다.

　유년의 기억은 늘 우리를 쓸쓸하게 합니다.
　슬픈 꽃! 살구꽃이 골목으로 흩날리는 유년은 더러 우리를 처량하게 합니다.

숨

　우리는 이성보다 감정 쪽에 기운, 이데올로기에 맞대응하느라 흥분하여 반항하고 투쟁한다는 것은 얼마나 비극적인 삶인가요. 억압과 켜켜이 쌓인 분노로 끝내 뭉쳐 투쟁을 하고 마는 허울좋은 이데올로기.

　우리의 삶은 숭고한 것입니다. 그 어떤 이데올로기에도 결코 내둘려서는 안 될 우리입니다. 이데올로기에 목숨까지 내준 많은 친구를 생각합니다. 삶과 이데올로기의 경계선을 모르고 살아 온 우리는 얼마나 슬픈 짐승인가요. 이데올로기에 휘둘려 망신창이가 된 우리. 눈앞에 것만 챙기다 밀쳐 뒀던 우리의 새끼손가락 같은 독도를 생각합니다. 그곳에는 거친 소금바람에도 작은 생명들이 끈질기게 살고 있습니다. 우리에겐 더없이 소중한 의미가 있는 독도! 주체적 맞대응에 늘 허술한 우리의 위정자들….

　우리가 살아온 것이 경제의 힘이었다고 생각하지만 사실 따지고 들면 그 경제를 이루기 전에 이미 우리는 초록의 나무와 초록의 풀에 의해서 숨을 쉬었고 그 숨이 아니었다면 우리가 여기까지 걸어올 수 있을까요! 자연 앞에 누구나 깊이 성찰해야 합니다. 수세기에 걸쳐 인간이라는 동물들은 초록의 나무나 초록의 풀들을 태우거나 베거나 아니면 무참히 뽑아 버리는 무지막지한 범법을 저질렀습니다.

우리는 공범자입니다. 소중한 의미가 있는 독도를 방만하게 대한 범법자들입니다.

개발이라는 이름의 거대한 톱날이 아니면 삽날로 마구잡이로 고귀한 연둣빛의 생명들을 잘라 버렸습니다.

우포늪은 청보의 개똥이 아닙니다. 독도 역시 청사등롱이 아닙니다. 살아 있는 것들의 영혼의 보물창고이며 생태계의 보물창고입니다. 갈매기가 섬을 뒤덮고 바람이 거칠어 우리에게 더 좋은 섬입니다.

독도는 그래서 우리가 독립자존해야 할 땅입니다.

우리가 사는 것은 문명의 문화권에서보다 원시의 문화권에 익숙해 있음을 재발견해야 합니다. 더러더러 우리가 깊이 성찰해야 하는 그 까닭은 인산은 만물의 영상이 아님을 자각해야 합니다. 만물의 영장이라는 그 오만의 착각이 지구를 침몰 직전인 위기의 오늘에까지 오게 한 것입니다. 한순간에 내친 남아시아의 쓰나

미, 꼬리에 꼬리를 물고 일어서는 지진, 얼마나 무서운 재앙입니까!! 인류가 수세기의 세월 동안 평안과 안식을 누렸던 것은 하늘을 뒤덮었던 나무와 풀이 있었던 것입니다.

우리가 소홀히 한 숲에는 정령이 사라져 가고 있습니다. 우리도 이제 생태환경을 위하여 삶을 보다 냉엄하게 들여다보고 삶의 덕목을 발췌하여 자연과 친화하는 기술을 익혀야 할 것입니다. 나무들만 지니고 있는 고귀한 정령들이 나무와 나무 사이에 숨어 있지 않습니다. 이제 우리는 한 그루 나무에게서 도덕적 생의 의미를 부여받아야 합니다.

저 키 낮은 개옻나무 한 그루가 6월의 푸른 바람에 머리를 흔들고 있습니다.

늪 깊숙이 숨어 있는 위대한 생명들을 봅니다.

망망한 바다 한가운데 서 있는 독도를 생각합니다.

삶이 결코 치열하지 못한 몇 사람이 독도를 챙기지 못해 그들이 지배하려는 참담한 꼴 앞에서 우리는 망연히 서 있습니다.

우리가 사는 것은 생태계와 새판을 보다 튼실하게 짜는 일입니다. 키 낮은 뱀딸기꽃 한 포기라도 제자리에 놓고 담담히 바라볼 일입니다. 나무들이 사는 법은 결코 일어서는 것이 아니라 더 깊이 자기 성찰을 통하여 세상을 냉철하게 바라보는 일입니다. 우리가 평화롭게 사는 길은 작은 생명들과의 친화를 이루는 일입니다. 가진 만큼 나누어 먹는 행복을 지니는 일입니다.

　생명을 사랑하는 길은 창조의 길입니다. 우리는 연둣빛 옷을 입고 선 미루나무처럼 7월로 당당히 걸어 들어가야 합니다. 닭의 장풀 냄새를 풀풀거리며 비슬산에서 내려오는 바람을 향하여 걸어가고 싶습니다. 이대로 가면 우리에게는 의미 있는 독도에 걸음이 멈추겠지요. 독도 바위에 무릎을 꿇고 앉아 도깨비 쇠고비와 뜨겁게 입을 맞추고 더없이 지순至純해지고 싶습니다.

수련꽃

우포늪은 원시성의 감성이 수련으로 드문드문 떠 있습니다. 늪물 속의 물풀들이 순열殉烈한 감성으로 하나 둘 물 위로 머리를 내밀기 시작합니다.

이성의 수련꽃!

원시의 늪에는 순열로 눈뜬 작은 생명들이 밤하늘의 별들만큼 많습니다. 몸이 작은 생명체들은 우리가 상상하는 것보다 더 재미있고, 흥미로운 신비를 지니고 있습니다. 물장군 수컷의 암컷이 낳아준 알을 등에 업고 다니며 알을 까는 모습이며, 개미귀신이 기생 잠자리로 변신하는 것하며 잠자리들이 그 황홀한 짝짓기를 날아다니며 장난처럼 즐기는 것하며 모두가 사람은 흉내도 못내는 일상들이지요. 작은 생명들을 고만고만 지니고 있는 감성과 정감을 숨기고 우포늪에서 살아갑니다.

우포늪은 세월의 속도를 돌려놓고 사는 것들이 많습니다.

디지털 시대는 작고 느린 것이 아름다울 때가 더러 있습니다.

땅강아지가 땅속을 걸어가는 모습이 얼마나 아름다운지 보셨습니까? 우리가 땀 흘리며 하루하루 살아가는 모습이나 땅강아지가 땅속을 걸어가는 모습이나 그렇게 눈금의 경계가 나지 않습니다.

우포늪에는 혼령魂靈이 있습니다.

신령神靈한 혼령들이 있습니다. 신령한 혼령은 오늘까지의 감성이 아니라 먼 훗날까지 이어지는 작은 것들의 순박한 신비로움의 스펙트럼(spectrum)입니다.

우포늪 밑바닥을 더듬어 논우렁이를 잡는 저 아낙들이 정녕 이 땅의 위대한 어른들입니다. 물커덩한 펄을 주물러, 주물러 잡아내는 논우렁! 저 일도 농사일의 하나입니다. 바로 늪은 저 아낙들의 삶의 진원지입니다. 늪 위로 스치는 바람과 햇살과 비를 통해 생명의 신비는 일어섭니다. 그 신비를 저 아낙들이 잡습니다. 저 노동이 바로 우리들의 삶의 원형인지도 모릅니다.

그렇게 많던 여름철새들이 속도라는 문명에 휘둘려 돌아오지 않는 새가 많습니다.

덤불해오라기, 청딱따구리, 흰죽지귀제비, 홍머리오리, 알락할미새, 검은머리흰죽지….

인간의 늪에 빠져 주소를 찾을 수 없는 귀한 생명들이 영영 회

귀하지 못하고 있습니다. 앞으로 얼마나 더 사라져 가고 얼마나 우리 곁에 남아 있을지를 생각합니다. 서로 마주보고 있다는 것은 친화를 말합니다. 친화는 어려운 것이 아닙니다. 그냥 그 자리에 두고 바라보며 사랑의 눈길을 보내는 것이 친화가 아닐까요.

우리가 우포늪에서 해야 할 일은 모든 것을 거리를 두고 보는 것입니다. 그리고 질퍽하게 깔린 자연의 감성을 적시어 가는 일입니다. 적신다는 것은 원시성에 귀기울여 듣고, 코끝으로 느끼고 온몸으로 적시고 나가는 것입니다.

우리의 삶은 수사가 아니라 손바닥에 불어나는 굳은살입니다.

우포늪은 무딘 우리에게 감성을 적셔 주는 또 하나의 길입니다.

미세한 생명체에도 세상을 뚫어보는 눈이 있습니다.

그 작은 눈들은 언제나 환상과 현실을 오고가며 제 할 일을 해냅니다.

마냥 머무는 것은 퇴화입니다. 우리도 시간과 함께 가는 바람 같은 의식의 존재이어야 합니다.

제자리를 지키고 선 나무들도 앞으로, 앞으로 가고 있는 것입니다. 간다는 것은 치열한 삶에 연연하지 않는 것일 때 비로소 당당해지는 것입니다. 머물지 않고 늘 천천히 걸어가는 걸음걸이가 천년을 걸어간다는 사실에 우리는 고개를 주억거리며 긴장의 끈을 풀어줄 줄 알아야 합니다.

　키가 낮아 더 당당한 생강나무에 기대고 앉아 저의 속내를 들여다보고 저는 부끄러워 웃자란 바랭이에 얼굴을 처박고 참회懺悔를 했습니다. 바르고 참다운 소망이라는 나무를 키운다고 키운 것이 맑고 야젓한 자작나무가 아니라 더럽고 치사한 권력이라는 나무와 명예라는 나무와 돈이라는 나무를 키우려고 얼마나 아등바등했는지… 그로 하여 잡초들과 가시 낸 이기利己라는 나무만 키웠습니다.

　우리의 내면에는 치사하고 더러운 나무들이 그럴싸한 구실과 위장으로 무럭무럭 자라고 있지는 않는지 속내를 들여다봐야 합니다.

　느린 것은 보는 이로 하여금 더러 서글프게 합니다. 때로는 슬픈 것이 아름답게 느껴집니다. 늪에서 천천히 아주 천천히 기어가는 민달팽이의 풍경을 보고 있으면 괜히 목울대가 뻐근합니다.

　저도 저렇게 느리게 살다가 가고 싶습니다.

　스스로의 목표를 위해 서둘지 않는 민달팽이처럼 말입니다.

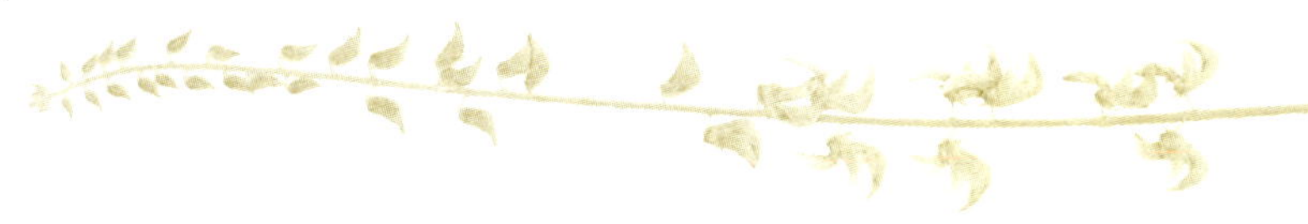

밀서리

어느덧 초여름입니다.

우포늪은

야성의 들뽕나무가지에 오디가 빨강빨강 열꽃처럼 피어나고 밀밭은 연붉게 물들어갑니다. 잡신이 내려 푸닥거리를 하듯 드문드문 푸른 연기가 뭉클뭉클 오릅니다. 세진리 대대리 마을의 늙은이들(할아버지와 할머니)이 모여 밀 서리를 하고 있습니다. 암울했던 유년의 실타래도 굽고 덧나도 한참 덧난 삼강오륜도 굽습니다. 알싸한 유년의 맛을 찾아 늙은이들이 시어터진 목소리로 재잘재잘 떠들며 모닥불 앞에 모여 앉아 있습니다.

우포늪에서는 사람의 말소리도 새소리가 됩니다.

비질비질 목덜미에 땀을 적시며 모닥불을 피웁니다. 연초록 풍경은 어제의 풍경이 아니라 새로운 풍경입니다. 우리도 어제의 우리가 아닙니다. 비록 우리는 날지는 못해도 꿈꾸는 텃새입니다.

불 기운에 목이 떨어져 타다 만 검은 밀 꼬투리를 가려 냅니다. 거멓게 그슬린 밀 꼬투리를 거친 손바닥에 올려 두 손바닥으로 비벼 '후우 후우' 불어 오지게 살진 밀알을 오글오글 남깁니다. 노릇노릇 익은 밀알을 부실한 이로 씹으며

"무서운 것이 세상에서 상대적 빈곤인기라."

평생을 중학교에서 국어를 가르치다 정년을 한 지 열네 해가 더 되는 성해기 씨가 고소한 밀 서리 맛을 은밀히 즐기며 내뱉습니다.

"저기 봐라."

여섯 늙은이의 눈길이 한 곳으로 갑니다.

"어려운 때 어려움을 서로 잡아주고 넘기면 넘길 만한 고비지만…."

"모두가 방치하니까 큰일 아이가?"

"죽자고 논밭 일구고 소, 돼지들을 온몸으로 키우고, 철철이 양파 심고 파 심고 마늘 심어 내다 팔아도 빚더미에 올라앉아 끼니를 풀대 죽으로 때우는 하성돈이가 불쌍타…."

먼 친척뻘인 강딸막 할머니가 파 뿌리 같은 흰 머리칼을 쓰다듬으며 혼자말을 합니다.

"그래 말이다. 우리 코가 석자니 도와줄 수도 없고 … 이놈의 세상… 사는 데까지 사는 거지 뭐."

서울서 살다 온 박 할머니가 대꾸를 합니다.

"소 키우고 돼지 키운다고 얻어 쓴 빚이 이자가 새끼에 새끼를 쳐서 일억이 웃돈다 카드라."

"촌놈 은행 빚이 일억이면 알거지가 된 거지. 은행이 사채보다 더 무섭다."

"사채도 좀 있다 카드라. 빚을 갚을라고 진작 지 간을 내놓아도 병든 간이라고 살 사람이 엄다 카드라… 쯔쯔…."

평소 헤픈 구석이 없어 별명이 복숭아씨인 곽 영감이 말을 받습니다.

"빚지고 산다는 것은 참으로 견디기 어려운기라, 신 새벽부터 농약을 마시듯 깡소주를 퍼 넣고 나와 저래 양파밭 둑에 앉아 울고 있는 저 중늙은이 하성돈이를 … 우짜면 좋노. 저래 나둬서는 안 된다, 누가 손잡아 줄 사람 없것나?"

이가 빠져 합죽이가 된 박성식 영감이 죽은 짐승처럼 널브러져 있는 하성돈 씨를 가리킵니다.

"지하수를 퍼 올리다 물길이 끊어지면 힘들게 마른 펌프질을 해야 하는데 거기다가 한 바가지 마중물을 부어 펌프질을 하면 지하수가 펑펑 올라오듯이 저 하성돈이한테는 긴요하게 쓸 마중돈이 필요하다."

곽 영감이 안타까운 목소리로 말합니다.

"그래 말이다. 마중 돈이라고 해도 좋고 종자돈이라고 해도 좋겠지. 누가 제발 도와줬으면 좋겠다."

박영식 영감이 기도하듯 말했습니다.

그 모습이 애처롭습니다.

"대명천지 많은 사람 속에 저만 살라카지 누가 잡아주것노."

눈끔쩍이 황해동 영감이 끼어듭니다.

예순세 살, 하성돈 씨는 세상을 향해 일어서면 왼쪽 어깨가 들려 몸의 균형을 잃고 맙니다.

먼 발치서 보면 꼭 허수아비입니다.

하성돈 씨는 위기의 파고를 건너온 사람입니다. 일곱 살 적은 생각만 하여도 머리가 내둘리는 궁핍한 시절.

이른 봄이면 화왕산 중턱의 어린 소나무 껍질을 낫으로 벗겨 먹었고, 성씨네 술도 가서 술 찌꺼기를 얻어다가 사카린을 타 먹고 때를 메웠습니다.

어린것이 낮술에 취하여 마루 밑에 기어들어가 강아지처럼 잠을 자다 6.25를 만났습니다. 보름 뒤 남시읍 낙농강 철교를 건너다 미군이 퍼붓는 포격에 구사일생으로 살아났습니다.

젊은날 미루나무 시절에는 베트남 전쟁에 참가하여 달러를 벌어 왔습니다. 밭뙈기 서 마지기, 논 두 마지기를 장만하여 알뜰살뜰 살다가 고엽제가 불거져 육신이 뒤틀리는 무서운 병에 시달리고 있습니다. 지금까지 살아도, 살아도 궁핍한 굴레를 못 벗어나니 죽을 마음이나 비리 먹은 개처럼 저렇게 쓰러져 있으니 애처롭습니다. 오늘은 기어코 넓디넓은 우포늪에 빠져 그대로 숨 쉬지 않을 요량으로 막소주를 퍼 마시고 저토록 서럽게 울고 있습니다. 하성돈 씨는 베트남전쟁에 참전한 것은 부끄러운 과거라며 입에 올리기를 싫어합니다.

초등학교 시절에는 월사금을 낼 그때를 못 비켜서서 반 아이들 앞에서 담임선생한테 주먹으로 이마를 쿡쿡 지어 박힌 그 이마가 비 오는 날이면 이상하게 쑤신답니다.

"월사금 언제 가지고 올래, 공부는 네가 하고 쪼들리기는 와 내가 쪼들리노? 교장 앞에 내가 왜 불려가야 하노? 나 좀 살려도고."

그때 아이들 앞에서 당한 그 수모가 아직도 마른버짐으로 피어 있다는 하성돈 씨.

대구 큰아버지 집에 월사금 빌리러 갔다가 문전박대 당하고 허기진 배에 물 한 모금 먹지 못하고 돌아오는 버스 속에서 내내 울며 왔다는 하성돈 씨. 빈손으로 돌아오는 아들을 보리밭머리 밤나무 아래서 맞이한 하성돈 씨의 아버지 가슴에는 한으로 옹이가 져 오래오래 가슴앓이를 했습니다.

그분의 무덤에는 해마다 6월이면 하얀 산딸기 꽃이 흐드러지게 핍니다. 서로 부둥켜안고 화왕산만 바라봤다던 아버지와 아들! 그 아린 마음을 헤아리고 양파를 눈에 넣은 듯 쓰라린 눈을 비비며 소리 죽여 울었습니다.

그때가 차라리 그립다는 하성돈 씨의 넋두리를 듣고 있으면 이제나 저제나 이 땅은 어진 주인이 주인대접을 받지 못하고 사는 처지가 안타깝습니다. 알토란 같은 세금을 꼬박꼬박 내고도 혜택을 받지 못하니 억울하답니다. 세금을 내고 의료보험 부담금을 내고 국민연금을 낸 만큼 사람대접을 받고 싶답니다. 세경 받고 일을 잘 해야 하는 일부 공무원들이 제대로 봉사하려 들지 않고, 마냥 설치는 머슴한테 곳간을 털리고 피폐한 살림을 살아야 하는 어처구니가 없는 세상. '북이나 남이나 백성들은 지도자를 잘못 만나 생고생을 하는 기라.' 푸념을 또 듣습니다. 이 세상 어디에 일을 하면 일을 한 만큼 못사는 나라가 또 있을까요. 세계지도를 펼쳐 봅니다.

뚝새풀에 코를 처박고, 짐승처럼 코를 처박고 우리의 농부 하성돈 씨가 울고 있는 6월이 어쩐지 서럽습니다. 순박하게 농사짓다 끝내 쓰러지고 마는 농투성이가 한둘이겠습니까?

노릇노릇 익어가는 6월의 보리밭을 바라보는 눈길이 흐릿해
오는 것은 웬일일까요?

떡갈나무

화평하여라!

우포늪이여!

화평하여라!

이 뜨거운 6월의 굴참나무만큼 화평하여라! 우포늪이여!

저 굴참나무 숲으로 우포늪이여 ! 유구히 화평하여라!

원시의 우포늪은 얼마만큼 황량하고 얼마만큼 쓸쓸하고 얼마만큼 허허로운 우포늪은 아이들의 마음입니다. 우포늪이 순수하고 아름다운 것은 우주보다 더 넓은 꿈의 세계를 가슴에 지니고 있어서입니다. 간혹 저는 찔레꽃이고 싶습니다.

비누 냄새 향긋한 아이들이 쥘 부채처럼 손을 펴고 찔레꽃인 제게로 다가왔으면 싶습니다. 때로는 날개가 예쁜 무당벌레와 하늘소와 풀무치가 놀러 오면 더 좋겠지요. 물무늬가 일듯 더운 바람에 밀려가는 보리밭 고랑 사이를 아기 노루가 되어 걸어가며 목청 높여 그리운 사람을 불러 보고 싶습니다.

아기 노루처럼

'웃! 웃!'

엄마를 부르고 싶습니다.

떡갈나무 잎 그늘 무성한 어디에서 아귀아귀 떡갈나무 어린 이파리를 뜯고 있을 엄마를 부르고 싶습니다.

우포늪을 둘러보면 순하고 지선至善한 작은 생명들이 날고, 더러는 풀숲으로 꼬물꼬물 기어가는 것을 만날 수 있습니다. 덩치 큰 것들은 초록의 풀숲으로 몸을 숨기고 있지요. 세상을 사는 것들은 저마다의 품물이 있습니다.

작은 생명을 들여다보고 손을 잡으려면 참을성과 시간을 투자해야 합니다. 그 일은 바로 스스로의 삶에 게을리 하지 않는 일입니다. 연초록 기둥으로 서 있는 우포늪 버드나무에 기대어 서서 세상을 바라보는 것도 삶의 여유이기도 합니다. 우리가 우포늪을 거닐며 스스로를 찾는 길은 오래된 과거에서 오래된 오늘에 서 있는 삶의 보폭을 돌아보는 일입니다. 물거울에 비친 내 모습에서 흰 제비꽃 같은 슬픔을 봅니다. 슬픔은 늘 섬세한 가락을 앞세우고 있습니다. 슬픔은 화평을 꼬리에 숨기고 있음을 오늘에사 알았습니다.

6월의 어느 하루쯤은 비에 젖는 상수리나무로 서서 스스로를 위해 상수리나무처럼 흔들리며 깊은 성찰에 잠겨야 할 것입니다. 그리하여 서럽게 울어야 할 것입니다.

산비둘기처럼 소리 내어 울어야 할 것입니다. 허울만 그럴듯한 허세를 내던지고 옹골찬 패기를 은장도 가슴에 품듯 깊이 품어야 할 것입니다.

우포늪 숲길에는 연둣빛 조선창칼이 있습니다. 부정한 것을 잘라 낼 연둣빛 칼이 은닉되어 있습니다.

밀밭풍경

　알고 보면 우리가 산다는 것은 자연으로 스며드는 것입니다. 자연스럽게 자연으로 들어서는 그 삶이 사람다운 삶입니다. 우리는 자연스러워지려고 부정한 것에 반항하면서 그렇게 사는 것입니다. 하지만 자연을 배신하고 사람을 배신하고 조국을 배신하고는 삶이 오래 가지 못합니다. 더러운 돈 남모르게 꿀꺽꿀꺽했다가 대를 이어 망신당하는 사람이 어디 한둘인가요.

　연초록의 날개를 단 개구리밥은 초록 물매암이가 되고, 생이가래는 실잠자리가 되고 이삭물수세미는 포도 넝쿨이 되고 마름은 나비가 되어 날아가는 환영幻影을 봅니다.

　성급하게 날아온 물총새 한 마리가 유별나게 눈에 들어옵니다.

　숨을 쉬지 않는 갯버들가지에 앉아 있는, 깃털이 고운 물총새가 우포늪에 뛰어들려고 궁리 중입니다.

　우포늪과 물총새가 대치하는 저 적멸!

　흐르지 않는 흐린 물도 적멸입니다. 흐린 적멸 위로 모네의 수련이 얼비칩니다. 쪽지벌 쪽으로 서른일곱 살에 영원한 삶을 택한… 그것도 권총이라는 도구로 막막한 생을 마감해 버린 빈센트 반고흐가 남기고 간 '삼나무가 있는 보리밭'이 실루엣으로 걸립니다. 지지리도 가난하고 지지리도 여복이 없었던 빈센트 반고흐! 어렵사리 맞선이라도 볼라치면 손사래를 쳐 광기어린 반고흐의 자존심을 무참히 짓밟아버린 여인네들! 죽음만큼 무거운 절망을 안고 살면서 그림을 보듬은 빈센트 반고흐! 그는 목사의 맏아들이었습니다. 신앙심이 도타워 스스로의 삶도 어려운 처지에 탄광촌으로 저 물총새처럼 날아다니며 전도사 생활을 했습니다. 동생이 보태주는 몇 푼의 지폐로 궁핍하게 생을 이끌면서 캔버스를 채운 불운의 화가 빈센트 반고흐가 물총새로 보이는 것은 어쩐 일일까요!! 불운의 화가 빈센트 반고흐가 유별나게 그리운 6월입니다.

6월은 곁에 서 있지 않아 더 사무치는 사람에게 풀잎편지를 띄울 때입니다.

지난날을 되짚어보며 그리운 사람에게 편지를 쓸 때입니다. 하얀 때주꼿에 휘감기는 산골 물소리 같은 청아한 편시를 쓸 때입니다.

우리의 마을에는 손금처럼 그렇게 많던 실개울이 다 어디로 갔을까요?

두고 온 마을 그림지도를 그려 보십시오.

더듬어 더듬어 그려 보십시오. 골목 골목을 끼고 흐르던 실개울들이 어느 날 소리 소문 없이 자취를 감추어버렸습니다. 우리들의 실개울은 누구의 가위에 눌려 답답해하고 있을까요? 겨울이면 썰매를 타고 팽이를 치던 우리들의 놀이터였던 실개울이 다 어디로 갔을까요? 여름이면 물고를 막아 물싸움을 하며 재잘거린 그 맑은 목소리들은 어디에 파묻혔을까요? 작은 공무공이 아니면, 급히 심부름을 가던 길에 신짝을 빠뜨리고 실개울을 내려다보며 막연해하던 그 고운 눈빛들은 다 어디에 묻혔을까요?

봄이면 붉은 진달래꽃이 꽃배로 남실남실 떠내려오고, 살구꽃이 쉬리가 되어 헤엄치던 그 실개울이 다 어디로 가 묻혔을까요? 문풍지를 간질여 주던 실개울 물소리가 다시 듣고 싶습니다.

우포늪에는 우리가 잠자고 있는 동안에도 끊임없이 물이 흘러듭니다. 물 속에 사는 붕어마름 부들이 물 숲을 이루고 조금씩 물 속에서 흔들립니다.

흔들리는 물 숲에는 논우렁이들이 창포 줄기에 바알간 알을 낳습니다. 송사리, 쉬리, 버들피리 피라미가 신비의 알을 까 물 속에 숨겨 놓습니다. 우포늪가 야트막한 산에는 중대백로와 왜가리가 그 사이 알을 깨고 나온 아기 새들을 돌보느라 날갯짓이 바쁩니다.

　작은 초록우산이 하나 둘 펼쳐집니다.

　그 작은 초록우산은 가시연입니다.

　우포늪이 초록으로 부풀기 시작합니다.

　창포숲이 부풀고, 갈대숲이 부풀고, 부들숲이 부풀고, 둑길에는 새와 줄풀이 한껏 키를 올리고 화왕산 억새숲은 더 무성해지기 시작합니다.

　저만치 황소 한 마리 느릿느릿 걸어옵니다. 워낭 소리가 아련히 번집니다. 조선 창호지에 번지는 수묵처럼 번집니다.

　뚝새풀을 헤치고 황소 한 마리 걸어오고 있습니다.

　6월을 관통하고 있습니다.

　우리도 저 미루나무의 우듬지처럼 일어서야 합니다.

　우포늪 은빛의 물결로 앞으로, 앞으로 나아가야 합니다.

　자연처럼 자연 속으로 부담 없이 6월을 거슬러 올라야 합니다.

격랑과 격랑 사이로 회귀하는 거제 앞바다 대구처럼 말입니다.

　우포늪은 오늘에서 미래로 아슬아슬 가고 있습니다.

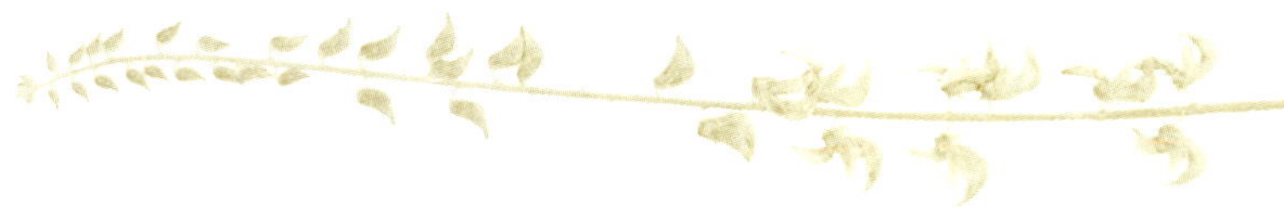

237

우포늪에서 보내는 편지

초판 발행 | 2005년 7월 20일

지은이 | 임신행
펴낸이 | 임만호
펴낸곳 | 창조문예사

등록 | 제16-2770호(2002.7.23)
주소 | 135-092 서울 강남구 삼성2동 38-13
전화 | 02)544-3468~9
FAX | 02)511-3920
ⓒ 임신행, 2005

Printed in Korea
ISBN 89-90777-37-2 03810

정가 10,000원